DIE KNICKERBOCKER BANDE

Thomas Brezina

DAS RIFF DER TEUFELSROCHEN

Krimiabenteuer Nr. 33

Mit Illustrationen von Jan Birck

Ravensburger Buchverlag

DIE KNICKERBOCKER-BANDE

STECKBRIEFE

HALLO,
ALSO HIER MAL IN KÜRZE
DAS WICHTIGSTE ÜBER UNS:

POPPI

NAME: Paula Monowitsch
COOL: Tierschutz
UNCOOL: Tierquäler, Angeber
LIEBLINGSESSEN:
Pizza (ohne Fleisch, bin Vegetarierin!!!)
BESONDERE KENNZEICHEN:
bin eine echte Tierflüsterin – bei mir werden sogar Pitbulls zu braven Lämmchen

DOMINIK

NAME:
Dominik Kascha
COOL: Lesen, Schauspielern (hab schon in einigen Filmen und Theaterstücken mitgespielt)
UNCOOL: Erwachsene, die einen bevormunden wollen, Besserwisserei (außer natürlich, sie kommt von mir, hähä!)
LIEBLINGSESSEN: Spaghetti (mit tonnenweise Parmesan!)
BESONDERE KENNZEICHEN:
muss immer das letzte Wort haben und kann so kompliziert reden, dass Axel in seine Kappe beißt!

AXEL

NAME: Axel Klingmeier

COOL: Sport, Sport, Sport (Fußball und vor allem Sprint, bin Schulmeister, habe sogar schon drei Pokale gewonnen)

UNCOOL: Langweiler, Wichtigtuer

LIEBLINGSESSEN:
Sushi … war bloß'n Witz (würg), also im Ernst: außer Sushi alles! (grins)

BESONDERE KENNZEICHEN:
nicht besonders groß, dafür umso gefährlicher (grrrrrr!)

LILO

NAME: Lieselotte Schroll
(nennt mich wer Lolli, werde ich wild)

COOL: Ski fahren, Krimis

UNCOOL: Weicheier, Heulsusen

LIEBLINGSESSEN:
alles, was scharf ist, thailändisch besonders

BESONDERE KENNZEICHEN:
blond, aber unheimlich schlau (erzähl einen Blondinenwitz und du bist tot …)

Bibliografische Information der Deutschen Nationalbibliothek:

Die Deutsche Nationalbibliothek verzeichnet diese Publikation
in der Deutschen Nationalbibliografie.
Detaillierte bibliografische Daten sind im Internet
über *http://dnb.d-nb.de* abrufbar.

1 2 3 4 5 13 12 11 10 09

Umschlagillustration: Jan Birck
Printed in Germany
ISBN 978-3-473-47154-6

www.ravensburger.de
www.thomasbrezina.com
www.knickerbocker-bande.com

INHALT

DER REGENWURMMANN

Ein teuflisches Grinsen huschte über das Gesicht des Mannes, als ein Schwarm Piranhas vorbeischwamm. Er befand sich in einer fünf Meter hohen Halbkugel aus Glas, die zu mehr als drei Viertel unter Wasser lag. Durch den oberen Teil konnte man das strahlende Blau des Himmels sehen.

Der Mann interessierte sich aber nicht für den Himmel, sondern nur für die Welt des Meeres. Liebevoll betrachtete er die gefürchteten Fische und dachte daran, dass die meisten Piranha-Arten zu Recht als ungefährlich angesehen wurden – dass aber einige von ihnen einen Menschen innerhalb weniger Minuten bis auf die Knochen abnagen konnten, hielten viele für Anglerlatein.

„Die Biologen haben keine Ahnung“, murmelte der Mann und strich zufrieden über seinen schwarzen Bart. Seine Piranhas benötigten nur Sekunden, um ein halbes Rind zu fressen. Sie waren angriffslustig und immer kampfbereit. Allerdings hörten sie auf sein Kommando. Wenn er es wollte, waren sie friedlich wie Goldfische. Wenn er ihnen den Befehl zum Angriff gab, verwandelten sie sich in wilde Bestien, vor denen kein Stück Fleisch sicher war.

„Andere halten sich Wachhunde, ich habe Wachfische!“, pflegte der Mann zu scherzen. Tatsächlich hielten die gefährlichen Piranhas, die er züchtete, alle unerwünschten Besucher von seinem Laboratorium fern.

Über der riesigen Glaskuppel ertönte das Dröhnen von Flugzeugtriebwerken. Ein Jumbojet, der viele neue Urlauber brachte, befand sich im Landeanflug auf die Insel.

Der Mann blätterte in seinem ledergebundenen Tischkalender und schlug ihn auf. Er hatte mit grünem Filzstift etwas eingetragen. Heute war ein wichtiger Tag. Bald würden einige Leute zusammentreffen und erfahren, wie es um ihre Zukunft bestellt war. Die Personen selbst waren ihm egal. Entscheidend war nur die Tatsache, dass er seine Lieblinge zurückbekommen würde. Sie hatten in den vergangenen drei Jahren ihre Pflicht erfüllt und durften nun zu ihrem Herrchen zurückkehren.

„Bestimmt haben sie schon Nachwuchs bekommen“, fiel dem Mann ein. Diese Vorstellung gefiel ihm besonders gut.

Er verließ die Unterwasser-Beobachtungsstation durch eine Metalltür, die sich leise zischend zur Seite schob und hinter ihm wieder schloss. Nachdem er einen kahlen Tunnel durchquert hatte, der mit Stahlplatten ausgekleidet war, hielt er vor einer Panzertür. Sie hatte sieben Schlösser, für die man jedoch keine Schlüssel brauchte. Es genügten Nummerncodes, die über sieben Tastaturen eingetippt wurden.

Die Ziffernfolgen kannte nur der Mann und er würde sie niemals verraten. Das Geheimnis, das sich hinter der Panzertür verbarg, war nicht für die Außenwelt bestimmt. Noch nicht!

„Ich spiele mit dem Gedanken, mich doch ein wenig einzumischen …“, sagte er leise vor sich hin. „Vielleicht werde ich eine kleine Bootsfahrt zum Riff unternehmen. Vielleicht, ich werde es mir noch überlegen!“

Der Mann war sich der Macht bewusst, über die

er verfügte. Noch ahnte keiner etwas davon, aber das war auch gut so. Wieder huschte das teuflische Grinsen über sein Gesicht.

Ja, er hatte den heutigen Tag herbeigesehnt, denn er bereute, worauf er sich vor drei Jahren eingelassen hatte. Die Sache hatte ihm zwar eine schöne Stange Geld gebracht, aber seine Arbeit behindert.

Nun, es war endlich vorbei. Das heißt, noch nicht ganz …

In dem Jumbojet, der zur Landung auf die Insel Mauritius ansetzte, befanden sich zweihundertzweiundfünfzig Passagiere. Alle waren müde, da sie bereits zwölf Stunden Flug hinter sich hatten und das Schlafen in den Sitzen nicht gerade bequem war.

In den vorderen beiden Zweierreihen saßen Axel, Dominik, Lilo und Poppi.

„He, Leute, wir sind da!“, verkündete Dominik und bemühte sich ausnahmsweise, nicht so kompliziert und verdreht wie sonst zu reden.

„Echt, wirklich? Ich dachte, das Flugzeug geht nur tiefer, um ein bisschen Gras zu fressen!“, ätzte Axel. Dominik drohte, ihm dafür einen Löffel Marmelade ins Gesicht zu klatschen.

„Wir wohnen in einem Hotel, in dem sogar Filmstars absteigen!“, sagte Poppi stolz. „Es heißt ‚Belroc‘ und sieht auf den Fotos ganz toll aus!“

Axel sprach nicht aus, was ihm auf der Zunge lag: Leider würden aber auch Frau und Herr Monowitsch dort sein und sie Tag und Nacht bewachen! Poppis Mutter war um das Wohl ihrer Tochter äußerst besorgt und hielt sehr, sehr wenig von den Abenteuern der Knickerbocker-Bande. Ihr einziger Wunsch war ein Urlaub ohne Aufregungen. Sie hatte Poppis Freunde nur unter der Bedingung mitgenommen, dass sie sich wie völlig normale Feriengäste verhielten und den ganzen Tag artig und brav am Strand lägen. Und Poppis Vater unterstützte seine Frau tatkräftig darin.

Nachdem die Urlauber ihre Koffer vom Förderband genommen und die Pass- und Zollkontrolle hinter sich gebracht hatten, traten sie in die schmale Empfangshalle. Dort wimmelte es von dunkelhäutigen Einheimischen, die große Pappschilder in die Höhe hielten, auf denen die Namen verschiedener Hotels zu lesen waren. Sie hatten die Aufgabe, die Neuankömmlinge abzuholen.

„Haltet nach dem Fahrer des Hotels ‚Belroc‘ Ausschau!“, trug Frau Monowitsch den vier Knickerbo-

ckern auf. Axel, Lilo, Poppi und Dominik schauten sich um, konnten aber niemanden entdecken. Dafür fiel Poppi jemand anderer auf.

„He, seht euch mal den an!“, kicherte sie und machte ihre Freunde auf ein dünnes Männchen aufmerksam, das sich zwischen den bunt gekleideten Fahrern durchdrängte und jemanden zu suchen schien.

„Ein Regenwurmmann!“, prustete Axel. Dominik warf ihm einen tadelnden Blick zu.

„Man macht sich nicht über andere Leute lustig“, sagte er altklug.

Allerdings war der Vergleich mit einem Regenwurm nicht so unpassend. Der Mann hatte nämlich kein einziges Haar im Gesicht. Weder ein Barthaar noch eine Wimper noch eine Augenbraue oder ein Kopfhaar, nichts. Er war vollkommen kahl. Dazu kam, dass sein Hals so breit wie sein Kopf war. So sah er tatsächlich wie ein Regenwurm aus, den man in einen schlecht sitzenden blauen Anzug gesteckt hatte.

„Ramen! Ramen!“, stieß der dünne Mann mit schriller, hoher Stimme hervor und verzog dabei sein Gesicht zu einer komischen Grimasse.

Der Mann bemerkte, dass die Knickerbocker ihn anstarrten und über ihn lachten. Da fletschte er die Zähne wie ein Wachhund und stieß eigenartige bellende Laute aus.

„Das ist eine Kreuzung zwischen einem Regenwurm und einem Schäferhund!“, witzelte Poppi. Lilo dämmerte, dass der Mann die Knickerbocker auf Französisch beschimpfte. Sie war froh, dass sie ihn nicht genau verstand.

Nachdem der Regenwurmmann endlich genug geschimpft hatte, begann er wieder „Ramen! Ramen!“ zu schreien und sprang in die Höhe, um über die Köpfe der Leute hinwegsehen zu können.

Auf einmal riss er die Augen weit auf und stammelte: „Oh … oh … non … non … non!“ Er zog seinen Kopf ein, sodass dieser fast im Kragen verschwand, und begann dann am ganzen Körper zu zittern.

„Was hat er denn so Schreckliches gesehen?“, fragte sich Lilo und drehte sich um.

DAS STUMPFE MESSER

Hinter Lilo ging ein breitschultriger Mann in einem sehr teuren, sehr schicken weißen Anzug vorbei, dessen Augen von einer großen Sonnenbrille verdeckt wurden. Er hatte das lange, glänzend schwarze Haar zu einem Pferdeschwanz gebunden und an seinem Arm hing eine auffallend geschminkte Rothaarige.

Lilo war überzeugt, dass sie sich nicht täuschte. Der Regenwurmmann war über diesen Typen im weißen Anzug erschrocken. Er wollte möglichst unauffällig verschwinden, aber die Fahrer der Hotels bildeten eine dichte Mauer, durch die er nicht so ohne Weiteres durchkam.

Die Knickerbocker-Bande wurde vom Strom der

Touristen weitergeschubst und stolperte genau am Regenwurmmann vorbei. Dieser duckte sich und umarmte völlig unerwartet Poppi. Er zog sie an sich und versuchte, sich hinter ihr zu verstecken.

„He, lassen Sie mich los ... Hilfe!", schrie Poppi.

„Ssssst!", zischte der Mann und krallte sich immer fester an ihre Jacke.

Poppi spürte, wie er an den Taschen riss, und hielt ihn für einen Taschendieb. „Lassen Sie das! He, der will mir was klauen! Hilfe!"

Der Mann im weißen Anzug schüttelte den Arm seiner Begleiterin ab und versuchte zu erkennen, was da los war. Er schob sich an Lilo vorbei und packte Poppi an der Schulter. Er fragte sie etwas auf Englisch, was Poppi nicht verstand.

„Ist dir etwas gestohlen worden?", übersetzte Lilo, die sofort nachgekommen war.

„Der Regenwurmmann ..." Poppi stockte. Sie blickte sich suchend um und musste feststellen, dass er weg war. Wahrscheinlich war er wie ein Käfer zwischen den Beinen der Fahrer fortgekrabbelt.

„Fehlt dir etwas ... hat dir der Typ was geklaut?", wiederholte Lilo. Poppi fuhr in ihre Jackentaschen, zögerte kurz und beförderte dann einen kleinen Teddy heraus.

„Äh … ich habe nur den in der Tasche gehabt", grinste sie verlegen. „Und der ist noch immer da!"

Der Mann im weißen Anzug lachte auf und warf den Kopf nach hinten. In seinem Mund glänzten lauter Goldzähne. Er murmelte einen Gruß und kehrte zu seiner Freundin zurück.

„Der ist doch nett. Wieso ist der Regenwurmmann vor ihm abgehauen?", überlegte Lilo.

Frau und Herr Monowitsch, die ein Stück vor ihnen gegangen waren, hatten zum Glück von alldem nichts mitbekommen. Dafür hatten sie den Fahrer ihres Hotels gefunden, der einen lässigen Safarianzug und einen Tropenhelm trug. Er führte die Bande und Poppis Eltern zu einem dunkelgrünen Rolls-Royce und öffnete die Türen.

„Ich habe im Reisebüro den Luxus-Empfang gebucht!", kicherte Frau Monowitsch. „Ich wusste aber nicht, dass er so luxuriös sein würde!" Ihr Mann presste die Lippen aufeinander. Er hielt nichts von solchen Dingen.

Die Fahrt führte durch kleine Fischerdörfer mit sehr einfachen Häuschen, vorbei an Bäumen, die feuerrot in Blüte standen, über sprudelnde Bäche und durch felsige Berglandschaften mit wilden, ausgezackten Kämmen.

Lilo entging nicht, dass Poppi die ganze Zeit kein einziges Wort sprach und die linke Hand immer in der Jackentasche hatte. „Ist was?", fragte sie.

Poppi rollte mit den Augen und zischte: „Pssst!" Irgendetwas musste geschehen sein, was Poppi aber vor ihrer Mutter nicht erzählen wollte.

Das Hotel „Belroc" bekam von den Knickerbockern die Auszeichnung „Super-irre-mega-Spitzenklasse". Es bestand aus zahlreichen größeren und kleineren weißen Häusern mit großen Balkons und Terrassen, über die ausladende Schilfdächer gezogen waren. Die Wohnhäuser standen entweder direkt am Strand oder auf einer kleinen Insel, die man über eine Brücke erreichen konnte. Riesige Palmen und blühende Büsche wuchsen zwischen den Gebäuden. Zur Begrüßung erhielten die neu angekommenen Gäste bunte Fruchtcocktails und das freundliche Mädchen vom Empfang erzählte ihnen, dass es innerhalb der Hotelanlage sieben verschiedene Badestrände gab.

„Wir werden alle testen und feststellen, welcher der beste ist!", versprach Axel lachend.

Die Bande erhielt zwei geräumige Zimmer, die sich in einem Häuschen am äußersten Ende der Insel befanden. Von ihren Balkonen hatten die vier einen großartigen Blick auf das offene Meer. Vor allem freuten sie sich aber darüber, dass Herr und Frau Monowitsch ihr Zimmer auf dem Festland hatten und weit entfernt waren.

Kaum war die Tür hinter den Mädchen zugefallen, sagte Lilo: „Los, was ist? Was hast du, Poppi?“

Ihre Freundin nahm ihre Faust aus der Tasche und öffnete sie. Auf ihrer Handfläche lag ein Ding aus Metall. Es war aufklappbar wie ein Taschenmesser, hatte aber keine Klinge, mit der man schneiden konnte. Der aufklappbare Teil bestand aus Aluminium, war vorne abgerundet und hatte etwas aufgeklebt, das wie ein Magnet aussah.

Das Superhirn entdeckte am Griff einen Ring mit einem kleinen silbernen Schildchen, in das die Nummer 009995/2 eingraviert war.

„Der Regenwurmmann wollte mir nichts stehlen. Er hat mir das Ding in die Tasche gesteckt. Und …“, sie griff abermals in die Jacke, „… ein zweites noch dazu.“

Das zweite Klappding unterschied sich vom ersten nur durch die Nummer auf dem Schildchen: 009995/3.

Das Aufregendste an der Sache hatte sich Poppi für den Schluss aufgehoben. „Lilo, der Regenwurmmann hat etwas zu mir gesagt – auf Englisch. Und ich weiß, was es bedeutet." Das Superhirn runzelte fragend die Stirn. „Er hat mir zugeflüstert: *Keep it!* Das heißt doch: Behalt das! Oder?"

Lilo nickte. Sie warf sich aufs Bett, starrte zur Zimmerdecke empor und begann, ihre Nasenspitze zu kneten. „Der Regenwurmmann scheint auf jemanden gewartet zu haben. Wahrscheinlich auf einen Freund. Aber stattdessen ist jemand anders aufgetaucht, der Mann im weißen Anzug. Der Regenwurmmann hatte Angst, dass ihm der Typ diese Dinger abnimmt, wenn er ihn erwischt. Deshalb hat er sie dir in die Tasche gesteckt. Und er wird sie sich wieder holen."

Poppi war anderer Meinung. „Er weiß doch nicht, wo wir wohnen. Die Insel Mauritius ist riesig. Er kann uns nie finden."

Lilo hatte da ihre Zweifel. „Hör zu, erstens müssen wir den Jungs alles erzählen, und zweitens … zweitens werden wir einmal nachsehen, ob das Zimmer einen Safe hat."

Lilo öffnete den Wandschrank und stieß einen freudigen Schrei aus. „Ein Safe, bestens! Und noch dazu einer, bei dem wir eine Zahlen-Kombination eingeben können." Sie legte die seltsamen Klappdinger in die Metallbox, warf die dicke Safetür zu und speicherte einen Code ein, den sie zur Sicherheit nicht mal Poppi verriet.

„Und jetzt?“, fragte ihre Freundin.

„Jetzt gehen wir schwimmen!“, entschied Lilo. Im Stillen dachte sie: Und wir warten ab, was geschieht. Aber diesen Gedanken behielt sie für sich. Poppi sollte sich nicht unnötig aufregen.

EIN SCHLÜSSEL?

Nachdem die Mädchen Axel und Dominik alles berichtet hatten, beschlich die vier ein merkwürdiges Gefühl. „He, das bedeutet, dieser Regenwurmmann könnte jederzeit hier auftauchen und die Dinger zurückfordern“, meinte Axel.

Dominik war ein anderer Gedanke gekommen. „Es kann aber auch heißen, dass der Typ im weißen Anzug erscheint. Und da der Regenwurmmann Angst vor ihm hat, ist er bestimmt nicht gerade ungefährlich!“

„Feiglinge!“, zischte Lilo. „Vielleicht halten wir die Schlüssel zu etwas irrsinnig Aufregendem in der Hand und machen dadurch eine sensationelle Entdeckung!“

Die Knickerbocker ließen sich in die bequemen grünen Liegestühle zurücksinken und schwiegen.

„He, Kinder … was macht ihr denn für Gesichter? Freut ihr euch nicht?“ Herr Monowitsch war zum Strand nachgekommen und betrachtete die vier verwundert. „Denkt daran, zu Hause ist tiefer Winter! Wir haben den sechsundzwanzigsten Dezember und hier zeigt das Thermometer dreißig Grad im Schatten. Ist das nicht wunderbar?“

„Wunderbar!“, riefen die Freunde im Chor. „Jubel! Jubel! Jubel!“

Herr Monowitsch merkte nicht, dass sie ihn verschaukelten.

„Papa, ich muss dich was fragen!“ Poppis Vater war eine gute Auskunftsquelle. „Im Flugzeug habe ich etwas gesehen. Da war ein Mann, der die ganze Zeit mit etwas gespielt hat. Es war ein Ding aus Metall, das wie ein aufklappbares Taschenmesser ausgesehen hat.“ Poppi beschrieb es möglichst genau und zeichnete eine Skizze in den Sand. „Ich habe gewettet, dass es ein Obstmesser ist. Aber Axel behauptet, es sei … es sei … ein Flaschenöffner. Was sagst du?“

Herr Monowitsch brauchte nicht lange zu überlegen. „Es handelt sich weder um ein Obstmesser noch um einen Flaschenöffner. Das war ein Schlüssel für einen Banksafe. In Banken gibt es Tresorräume, die durch dicke Stahlwände gesichert sind. Dort kann man Schließfächer mieten und bekommt einen Schlüssel dazu. Um das Fach zu öffnen, ist ein zweiter Schlüssel nötig, den die Bank verwahrt. Die Schlüssel werden nebeneinander in das längliche Schloss gesteckt und erst dann springt der Safe auf."

Der Tag verging und die Knickerbocker-Bande hatte nichts anderes getan, als am Strand zu dösen. Dazwischen hatten die vier immer wieder ein kurzes Bad im lauwarmen Salzwasser des Indischen Ozeans genommen.

Zu ihrer großen Erleichterung waren weder der Regenwurmmann noch der Typ im weißen Anzug aufgetaucht.

Nach dem Abendessen lief Lilo zum Empfang und sprach mit dem Mädchen, das ihnen bei der Ankunft die Drinks gereicht hatte.

„Ich habe was herausgefunden", berichtete sie bei ihrer Rückkehr. „In dem Haus, in dem wir wohnen, gibt es vier Zimmer. Die beiden oberen haben wir, die beiden unteren stehen bis übermorgen leer. Ich habe uns die Schlüssel besorgt. Ich schlage vor, wir schlafen lieber dort."

Die anderen verstanden nicht, wozu das gut sein sollte. „Leute, vielleicht kommt in der Nacht der Regenwurm und dann möchte ich nicht von ihm überrascht werden." Poppi, Dominik und Axel stimmten ihr zu.

„Das Beste wäre natürlich, wenn es uns gelänge, den Regenwurmmann auf frischer Tat zu ertappen", meinte Lilo. „So würden wir mehr über die Safeschlüssel erfahren, und wenn er uns nichts sagen will, rufen wir die Polizei."

Bevor sich die Knickerbocker zurückzogen, bastelte Lilo in jedem Zimmer eine Alarmanlage. Dazu band sie einen Faden um den Porzellanfuß einer Lampe, die auf einer niedrigen Kommode stand, und fädelte ihn durch den ringförmigen Griff der untersten Kommodenschublade. Ganz vorsichtig spannte sie ihn dann ungefähr in Knöchelhöhe quer durch das Zimmer und befestigte das andere Ende an der Schranktür.

„Wer das Zimmer betritt und von der Falle nichts weiß, stolpert entweder darüber oder er bewegt den Faden, wenn er die Schranktür öffnet, um zum Safe zu gelangen. In jedem Fall kracht die Lampe zu Boden und macht einen Höllenlärm. Wir hören den Wirbel, rennen schnell nach oben und sperren den Eindringling ein!“

Poppi hatte ihre Zweifel: „Er wird durch die Balkontür entkommen!“

Lilo schüttelte den Kopf. „Denkste, die habe ich von außen verriegelt!“

Axel, Poppi und Dominik mussten wieder einmal zugeben, dass Lilo auch diesmal an alles gedacht hatte.

Die Knickerbocker gingen in die unteren Zimmer und ließen sich auf die Betten fallen. Sie waren ziemlich müde und erschöpft. Während des Fluges hatten sie nur wenig geschlafen.

„Wir müssen trotzdem wachsam sein“, meinte Lilo und gähnte wie ein Nilpferd. „Die Jungs … passen sicher auf“, murmelte Poppi und rollte sich wie eine Katze ein.

Mittlerweile war es dunkel geworden. Die bleiche Scheibe des Mondes leuchtete durch die offene Terrassentür direkt auf Lilos Kopfkissen und sie spürte, wie die Strahlen auf den Wimpern kitzelten. Gut so … ich darf nämlich nicht tief einschlafen, dachte Lilo zufrieden …

Schritte! Lilo fuhr hoch. Draußen auf der Treppe, die in das oberste Geschoss führte, war jemand. Schlüssel klirrten und Sekunden später ertönte das Geräusch von zerbrechendem Porzellan. Ihm folgte ein langer, hoher Schrei!

LILO, DU SPINNST!

Lilo sprang aus dem Bett. Sie rüttelte Poppi wach und stürzte aus dem Zimmer. Gleißend helles Licht schlug ihr entgegen. Jetzt erst fiel ihr auf, dass es auch im Zimmer taghell war. Die Sonne stand bereits hoch am Himmel und brannte heiß herab.

Das Superhirn sah auf die Uhr und riss überrascht den Mund auf. Es war elf Uhr vormittags! Die Knickerbocker-Bande hatte tief und fest geschlafen.

Aber wer war in die Falle getappt?

Jetzt stürmten die Jungs aus ihrem Zimmer und blickten zum Obergeschoss hoch. „Was … wer …?", fragten sie verschlafen und versuchten, ihre Augen an das grelle Licht zu gewöhnen.

Lilo zögerte nicht länger, sondern rannte, immer zwei Stufen auf einmal nehmend, hinauf. Die Tür zum Mädchenzimmer stand offen und auf dem Boden lag … ein dunkelhäutiges Mädchen in einem hellblau-weiß gestreiften Arbeitskleid. Neben ihm lagen ein Korb mit Putzmitteln und ein Stapel frischer Handtücher und Bettwäsche.

„Das Zimmermädchen ist in meine Alarmanlage getappt“, seufzte Lilo und half dem unschuldigen Opfer auf die Beine. Das Oberhaupt der Bande grinste entschuldigend und ließ den Faden möglichst unauffällig verschwinden. Lilo ging zum Schrank, tippte den Code ein und öffnete den Tresor. Die beiden Schlüssel befanden sich noch immer dort, wo sie sie am Vortag hingelegt hatte.

„Pleite … die ganze Sache ist eine Riesenpleite!“, knurrte das Superhirn der Bande missmutig.

„Weißt du, was ich glaube“, sagte Axel. „Ich glaube, dass du hochgradig spinnst, Lilo. Du siehst überall Verbrechen und Gauner. Diese Schlüssel hat der Regenwurmmann bestimmt irgendjemandem geklaut und sie Poppi in die Tasche gesteckt, damit er nicht damit erwischt wird. Das ist ein Taschendieb, sonst nichts. Und mit dem Typ im weißen Anzug hat das alles nichts zu tun!“

Wumm! Diese Sätze trafen Lilo wie Ohrfeigen.

„Vergesst den Quatsch“, meinte Axel. „Ab heute gibt es nur noch Ferien, Sonne und viel Spaß!“

„Du quasselst wie ein Prospekt aus dem Reisebüro!“, zischte Lilo wütend. Sie hasste es, als die Dumme dazustehen.

Zwei Tage vergingen, doch nichts geschah. Axel schien Recht zu behalten.

Am Abend des dritten Tages, nach langen Wasserskifahrten, einem Bootsausflug, aufregenden Schnorcheltouren und einem Abenteuer mit einem Seeigel, auf den Dominik getreten war, stand der Besuch eines anderen Hotels auf dem Programm. „Gironimo“ hieß es. Freunde der Monowitschs verbrachten dort ihren Urlaub, daher wollte Frau Monowitsch unbedingt hinfahren und diese dort treffen. Die Knickerbocker-Freunde kamen mit.

Das Hotel sah von außen wie ein schneeweißer Märchenpalast aus und dieser Eindruck verstärkte sich im Inneren noch. In einem breiten, lang gezogenen Hof erstreckte sich ein Teich, in dem Seerosen, blühende Schlingpflanzen und an dessen Ufern farbenprächtige tropische Sträucher und Bäume wucherten. Das Wasser und die Pflanzen wurden von geschickt versteckten Scheinwerfern angestrahlt und wirkten wie verzaubert.

„Den Leuten, die hier wohnen, regnet es aber auch in die Nasenlöcher hinein, so hoch tragen sie ihre Zinken“, stellte Axel leise fest. Die Gäste schienen sich nicht auf Urlaub, sondern auf einem superfeinen Ball zu befinden. Die Herren steckten in dunklen Anzügen, die Damen in langen Abendkleidern. Überall roch es nach teuren Parfüms.

„Praktisch, ich kann die Augen schließen und trotzdem erkennen, ob eine Frau oder ein Mann kommt!“, sagte Poppi kichernd.

„Woran erkennst du das?“, fragte Axel erstaunt.

„Bei den Damen klingelt der Schmuck!“, prustete Poppi.

Herr und Frau Monowitsch waren zur Rezeption gegangen, um nach ihren Freunden zu fragen. Nach einer Weile kamen sie enttäuscht zurück.

„Kinder, sie sind heute auf einem Tagesausflug“, erklärte Frau Monowitsch. „Da wir jetzt Zeit haben und neugierig sind, haben wir beschlossen, kurz ins Casino zu schauen. Ihr dürft leider nicht mit, weil ihr zu jung seid. Wir sind aber in spätestens einer halben Stunde zurück. Hier …“, sie drückte Lilo einen Geldschein in die Hand, „… geht an die Bar und bestellt euch einen Fruchtcocktail. Wir treffen euch dort später!“

Die vier waren einverstanden, weil sie Glücksspiele ohnehin total blöd fanden. Trotzdem begleiteten sie das Ehepaar Monowitsch bis zum Eingang des Casinos, das in einem Seitenflügel des Hotels untergebracht war.

Poppis Eltern zeigten ihre Pässe und wurden eingelassen. Eine goldverzierte Tür wurde geöffnet und gab für einige Sekunden den Blick in den Spielsaal frei. Nur wenige Schritte hinter der Tür stand ein Mann und begrüßte alle Eintretenden mit einem gekünstelten Lächeln. Lilo fielen fast die Augen aus dem Kopf.

„Leute … das ist der Typ im weißen Anzug!“, keuchte sie. Aber da schloss sich die goldene Tür schon wieder.

„Wer … was?“, erkundigten sich ihre Freunde, die nicht so genau hingeschaut hatten.

„Dort drinnen steht der Typ im weißen Anzug! Er arbeitet hier im Casino. Ihr wisst schon, ich rede von dem Kerl, der den Regenwurmmann erschreckt hat.“

Axel, Dominik und Poppi verdrehten die Augen. „Na und? Was ist schon dabei? Ist das verboten?“

Lilo schnaubte empört. „Geht schön brav Limo schlürfen, ich mach das allein, ihr Jammerlappen!" Sie verscheuchte ihre Freunde, die etwas spöttisch den Kopf schüttelten und gingen.

Lilo tickte nicht richtig, da gab es für sie keinen Zweifel.

Das Oberhaupt der Bande war sauer. Stinksauer. Wieso stellten sich die anderen so an? Allerdings wusste Lilo selbst nicht genau, was sie nun machen sollte. Aus diesem Grund beschloss sie, zuerst einmal nur den Eingang des Casinos zu beobachten.

Sie stand lässig gegen eine Säule gelehnt und tat so, als würde sie verliebt zum Sternenhimmel aufblicken. Das war am unauffälligsten.

Ein junger Mauritier tauchte neben ihr auf und lächelte sie an. Lilo bemerkte es und erwiderte sein Lächeln. Er sagte etwas in einer Sprache, die sie nicht verstand. Als sie entschuldigend das Gesicht verzog, versuchte er alle Fremdsprachen, die er beherrschte, und das waren eine Menge.

„Holdes Fräulein, ach so fein, darf ich Ihr Begleiter sein?", fragte er schließlich auf Deutsch. Lilo musste lachen.

„Sag, wie viele Sprachen sprichst du eigentlich?", wollte sie wissen.

„Sieben“, erwiderte der Junge. „Habe gutes Ohr dafür und von Hotelgästen abgehört. Deutsch hat mir eine Schauspielerin beigelehrt!“

„Beigebracht!“, verbesserte ihn Lilo.

„Jaja, beigebracht. Sie so lustige Sprüche immer gewusst!“ Lilos Verehrer lächelte und zeigte seine strahlend weißen Zähne. Er trug eine weinrote Uniform mit vielen goldenen Borten und auf seinem Namensschild stand „Bolell“.

„Arbeitest du hier im Hotel?“, fragte Lilo.

„Ja, meine Arbeit so wichtig, dass ich dir jederzeit einen Gratisdrink kann spendieren. Auf Kosten dieses Hauses!“, gab Bolell an. „Muss jetzt nur noch eine halbe Stunde arbeiten an der Casinobar, dann frei. Treffen wir uns?“

Lilo winkte ab. „Äh … nein … das geht leider nicht“, sagte sie. Aber sie wollte die neue Bekanntschaft auf jeden Fall nutzen. „Sag mal, Bolell, du hast also eine wichtige Stellung im Hotel und kennst bestimmt alle Leute, die hier arbeiten?“ Bolell nickte heftig. Er fühlte sich geschmeichelt und genau das hatte Lilo auch beabsichtigt. Jetzt konnte sie ihn leichter ausquetschen.

„Im Casino steht ein Mann in einem weißen Anzug und begrüßt alle. Wer ist das?“

„Das ist Lai Min, der Besitzer des Casinos. Mein Chef!“

„Aha … das dachte ich mir. Aber Lai Min klingt nicht nach einem Namen, der auf Mauritius oft vorkommt“, meinte Lilo.

Bolell schüttelte den Kopf. „Nein, Lai Min ist Chinese.“

„Und er ist bestimmt froh, so tüchtige Mitarbeiter wie dich zu haben, nicht?“, schmeichelte Lilo.

Die Worte wirkten. Bolell grinste stolz. „Ich bin gut, aber er niemanden mag und lobt nie. Aber wieso du das wissen willst?“

„Äh … nur so. Bin eben neugierig“, sagte Lilo und schaute auf die Uhr. „He, ich glaube, du musst zum Dienst, sonst vermisst man dich!“, rief sie.

Bolell schlug sich erschrocken an die Stirn und eilte auf die goldene Tür zu. Er war auf den Trick des Superhirns hereingefallen. Lilo hatte keine Ahnung, ob er wirklich so einen wichtigen Posten hatte. Sie hatte ihn nur loswerden wollen.

Sie überlegte ihren nächsten Schritt, als sie Stimmen am Casino-Eingang hörte. Lai Min war herausgekommen. Neben ihm stand die rothaarige Frau, die an diesem Abend noch stärker geschminkt und über und über mit Schmuck behängt war. Der

Mann hielt ein kleines Funkgerät in der Hand und sprach schnell hinein. Verzerrt ertönte die Antwort seines Gesprächspartners.

Die Rothaarige zerrte ungeduldig an seinem Arm, aber Lai Min riss sich los. Er schubste sie ins Casino zurück und eilte davon. Lilo fiel auf, dass er sich dabei mehrmals nach allen Seiten umsah, als ob er Angst hätte, dass ihm jemand folgte.

Lilo beschloss, sich dem Herrn an die Fersen zu heften.

Der Casinobesitzer durchquerte eilig den riesigen Park, der rund um das Hotel angelegt war, und steuerte auf den Strand zu. Lilo hielt sich stets hinter einem der mächtigen Palmenstämme versteckt und ließ einen sicheren Abstand.

Nur zwei große laternenförmige Lampen erhellten einen langen Steg, an dem mehrere Boote befestigt waren. Am äußersten Ende lag ein schnittiges, hypermodernes Schnellboot vor Anker, das der Mann losband und bestieg. Er ließ den Motor an und gab sofort Gas. Der Bug hob sich aus dem Wasser und das Boot flog über die Wellen in die Nacht hinaus. Ein kräftiger Scheinwerfer, der unterhalb der Windschutzscheibe befestigt war, leuchtete Lai Min den Weg.

Sein Ziel war nur etwa dreihundert Meter vom Ufer entfernt. Es handelte sich um eine Motorjacht, deren Fenster und Bullaugen erhellt waren. Lilo hörte, wie der Motor des Schnellbootes abgestellt wurde. Sie war fest davon überzeugt, dass Lai Min an Bord der Jacht gegangen war.

„Die muss ich aus der Nähe sehen. Warum wollte er plötzlich dorthin?“, überlegte sie. Aber wie sollte sie dort hinüberkommen? Die übrigen Boote waren alle durch Ketten gesichert.

Lilo sah sich an der Anlegestelle um und fasste einen waghalsigen Entschluss.

Also doch!

„Wenn wir noch lange hier warten müssen, fallen mir die Ohren ab." Axel stöhnte theatralisch und schlürfte an seinem Kokosmilch-Cocktail. Auch Dominik und Poppi fühlten sich in dieser feinen Umgebung nicht wohl. Die drei saßen an einer hufeisenförmigen Bar im Park des „Gironimo". Auf einer kleinen Tanzfläche bewegten sich einige der Urlauber zu den Klängen einer schauderhaft spielenden Kapelle.

Immer wieder kamen Pärchen Arm in Arm zwischen den Palmen hervorgeschlendert und bestellten Drinks. Aber nicht alle Leute waren in bester Ferienlaune. Axel beobachtete zwei Männer, die ziemlich niedergeschlagen aussahen. Während der eine lautstark seinem Ärger Luft machte, leerte der andere ein Glas nach dem anderen. Axel schnappte einige Worte auf und versuchte, sich einen Reim darauf zu machen. „Die Typen scheinen im Casino irre viel Geld verloren zu haben", sagte er zu Dominik und Poppi. Wenige Minuten später tauchte eine Frau auf, die das gleiche Problem zu haben schien.

„Selber schuld", sagte Poppi verächtlich. „Wozu spielen die auch! Weiß doch jeder, dass man am Ende nur verlieren kann."

Herr und Frau Monowitsch trafen endlich an der Bar ein und berichteten von ihren Erlebnissen. Poppis Mutter deutete auf die beiden Männer und erzählte flüsternd: „Diese zwei dürften im Geld schwimmen. Ihr könnt euch nicht vorstellen, was die am Roulettetisch riskiert haben." Herr Monowitsch mischte sich ein und sagte: „Und sie haben gewonnen. Viele Male hintereinander!"

„Aber jetzt scheinen sie pleite zu sein", meinte Axel.

„Jaja, sie haben einander überboten und immer mehr Geld gesetzt. Aber mit einem Schlag war ihre Glückssträhne zu Ende. Sie haben versucht, das verlorene Geld durch noch höhere Einsätze zurückzugewinnen, ihre Verluste wurden jedoch immer nur größer!“

„Psssst … psssst!“ Vor Poppi zischte es im Gebüsch. Doch sie hörte gespannt ihrer Mutter zu und kam gar nicht auf die Idee, dass jemand sie auf sich aufmerksam machen wollte.

„Psssst … moin Frölein!“, wisperte eine hohe Stimme. Poppi hob den Kopf und senkte ihn blitzschnell wieder. Ihr Herz begann, heftig gegen die Rippen zu pochen, und ihre Hände waren nass vor Schweiß. Was sollte sie jetzt tun?

Zur selben Zeit setzte Lilo ihren Plan in die Tat um. Da die Boote am Steg angekettet waren, schnappte sie sich eines der Surfbretter, die in einem Ständer übereinander gelagert waren. Zum Glück hatte sie unter den Klamotten ihren Badeanzug an. So war ein feuchter Ausflug kein Problem.

„Ich schaffe das!“, machte sich Lilo Mut und blickte auf das Meer hinaus. Die Wellen, die das Motorboot erzeugt hatte, hatten sich wieder gelegt. Die Wasseroberfläche war schwarz und glatt wie ein Spiegel.

Lilo schob das Surfbrett ins Wasser und legte sich bäuchlings darauf. Mit den Armen ruderte sie einmal links und einmal rechts und das Brett glitt auf die Jacht zu. Immer tiefer tauchte sie die Arme ins Salzwasser und immer kräftiger zog sie durch, um das Tempo zu erhöhen. Sie wollte auskundschaften, was dort los war, und dann so schnell wie möglich zum Strand zurückkehren.

Lilo, die das Kinn aufs Surfbrett gelegt hatte, hob den Kopf. Wie weit war sie noch von der Jacht entfernt? Höchstens fünfzig Meter. Ihr Paddeln wurde nun vorsichtiger.

Noch vierzig Meter …

Noch zwanzig Meter …

Wie von Geisterhand betätigt, flammte ein greller Suchscheinwerfer auf und erhellte das Wasser im Umkreis des großen Bootes. Aus dem Inneren des Schiffes ertönte eine schrille Glocke und in den erleuchteten Fenstern tauchten dunkle Schatten auf.

„Mist … die haben offenbar eine Alarmanlage!“,

fluchte Lilo und versuchte, so schnell wie möglich zu wenden.

Türen wurden aufgerissen und Männer stürmten an Deck. Lilo geriet in Panik. Nur weg, raus aus dem Scheinwerferlicht!

Aber sie hatte Pech. Ein großer Lichtkreis sauste suchend über das Wasser. Zuerst über den Bereich, der dem offenen Meer zugewandt war, dann immer näher zum Strand hin. Es war nur eine Frage von Sekunden, bis sie Lilo auf dem Surfbrett entdecken würden.

Jetzt erkannte Lilo auch die Waffen, die die Männer auf dem Boot in den Händen hielten. Mit schnellen Bewegungen luden sie durch, während sie sich aufmerksam umschauten.

„Moin Frölein ...!“, rief die Stimme lockend. Poppi blickte auf und sah genau vor sich, hinter dem Rücken ihrer Mutter, eine hellhäutige Hand. Sie war zwischen den Blättern eines Busches aufgetaucht und machte mit dem Zeigefinger einladende Bewegungen. Dahinter wurde ab und zu ein seltsamer Kopf sichtbar. Die wuscheligen braunen Haare sahen wie eine übergroße Pelzkappe aus.

Da erschien die zweite Hand und nahm die Haare

einfach weg. Darunter kam eine Glatze zum Vorschein.

Poppi hätte diesen Hinweis nicht mehr benötigt. Sie wusste längst, dass es der Regenwurmmann war, der mit ihr in Kontakt treten wollte.

„Poppi, mein Kindchen, du bist plötzlich so blass. Ist etwas?“, fragte ihre Mutter. Poppi schluckte. Das hatte ihr noch gefehlt!

„Mir geht es wunderbar“, stieß Poppi hervor. „Äh, ich … ich muss nur mal aufs Klo. Das Abendessen … Ich habe Bauchweh.“ Poppis Mutter lächelte mitleidig. „Äh, Axel, kannst … kannst du … mich begleiten?“, stöhnte Poppi.

Die beiden rauschten ab. Als sie außer Hörweite waren, berichtete Poppi ihm flüsternd von dem Regenwurmmann.

„Wir sind Idioten, der hat mir die Schlüssel doch zum Aufbewahren gegeben und will sie zurück. Was machen wir jetzt?“

Axel überlegte, hatte aber keine Idee. Neben ihnen raschelte es und der Regenwurmmann kam zwischen zwei Büschen hervorgekrochen.

Seiner Miene war anzusehen, dass ihm Axels Gegenwart überhaupt nicht behagte. „Moin Frölein“, begann er. „Sie ’aben etwas von mür. Bitte zürückgeben." Er machte mit der Hand eine fordernde Geste. Als Poppi ihm die Schlüssel nicht aushändigte, ließ er seine dürren Finger in die Taschen ihrer Jacke gleiten.

„He … lassen Sie das! Poppi hat die Schlüssel nicht dabei!", sagte Axel scharf und stieß den Mann zurück. Der Regenwurmmann zog erschrocken die Hände weg und Axel entging nicht, dass ihn das Wort Schlüssel wie ein Blitz getroffen hatte.

„Wo … wo … wo?", bellte der Fremde.

Axel spürte, wie seine Knie weich wurden. Der Kerl jagte ihm Angst ein. Der ist verrückt und gefährlich, schoss es ihm durch den Kopf. „Äh … wir … Sie bekommen sie morgen. Wir wohnen nicht hier und haben sie in unserem Hotel."

„Welch 'otel?", wollte der Mann sofort wissen und seine eher sanftmütigen Augen wurden auf einmal stechend und bedrohlich. Axel wollte schon die Wahrheit sagen, aber Poppi war schneller und ließ ihn nicht zu Wort kommen.

„Im ‚Sand Palace'!", log sie. Sie hatte diesen Namen in irgendeinem Reiseprospekt gelesen und sich gemerkt.

Der Regenwurmmann runzelte die Stirn. „Ich kommen morgen … zwölf Uhr … Tor!"

Axel nickte. „Jaja … wir werden dort sein!"

Er drängte sich an ihm vorbei und rannte mit Poppi zur Toilette. „Sperr dich ein und komm erst wieder heraus, wenn ich viermal pfeife!", sagte er zu ihr. Er wollte in der Zwischenzeit Lilo suchen. Wo steckte sie nur, ausgerechnet jetzt, wo sie dringend gebraucht wurde?

Die Lichtkreise der Scheinwerfer glitten über die Wasseroberfläche. Die Leute an Bord der Jacht suchten mit System. Kein einziger Meter wurde ausgelassen. Der Lichtschein näherte sich dem Surfbrett.

Jetzt … jetzt war es vorbei! Die weiße Kunststoffoberfläche mit den hell- und dunkelblauen Streifen wurde in weißes Licht getaucht.

SCHAURIGE PLÄNE

Auf der Jacht lachte jemand laut auf. Zwei schallgedämpfte Schüsse wurden abgefeuert. Ein Knall war nicht zu hören, nur zweimal ein dumpfes Zischen, das in der Nacht verhallte.

Der Schütze erhielt jedoch kein Lob, sondern Fußtritte. An Bord der Jacht wurde wild geschimpft und einer der Männer sprang kopfüber ins Wasser. Er kraulte zum Surfbrett und streckte die Hände danach aus.

Lilo war nicht getroffen worden. Sie hatte sich in letzter Sekunde ins Wasser gleiten lassen und unter dem Brett versteckt. Den Aufprall der Geschosse hatte sie aber mitbekommen.

Sie war so lange wie möglich unter Wasser geblieben und hatte nach den Lichtern Ausschau gehalten. Sie waren nicht mehr auf das Surfbrett gerichtet. Lilo hatte daraufhin langsam den Kopf aus dem Wasser gestreckt und Luft geholt. Dabei war ihr nicht entgangen, dass jemand auf sie zuschwamm.

Da half nur eines: wieder abtauchen und so schnell wie möglich verschwinden. Lilo machte kräftige Schwimmbewegungen, die allerdings viel Sauerstoff kosteten und sie bald zwangen, wieder an die Wasseroberfläche zu gehen. Sie schnappte nach Luft und öffnete die Augen: Sie hatte den Lichtkreis verlassen.

Lilo wandte sich um und beobachtete, wie ihr Surfbrett an Bord der Jacht gezogen wurde. Es musste verschwinden, denn bestimmt hätte es großes Aufsehen erregt, wenn es mit Einschusslöchern gefunden worden wäre.

Lilo gelang es, unbemerkt zum Strand zurückzuschwimmen. Sie robbte durch den Sand und verkroch sich in einem Häuschen aus Holz. Es dauerte einige Minuten, bis sie sich wieder halbwegs beruhigt hatte.

„Dort draußen auf der Jacht ist etwas, das niemand sehen soll. Sie wird streng bewacht", überlegte Lilo und versuchte, ihren Atem auf normale

Geschwindigkeit zu bekommen. „Es muss irre geheim, gefährlich oder verboten sein. Und ... dieser Lai Min muss die Alarmanlage irgendwie ausschalten können. Oder vielleicht wird sie abgedreht, wenn er kommt. Mann, ich ... ich habe schon vermutet, dass der Typ nicht ganz astrein ist. Aber das ist der Wahnsinn!"

Endlich hatte das Pochen ihres Herzens ein bisschen nachgelassen. Lilo stand auf und reinigte sich unter der Süßwasserdusche. Sie fand ihre Klamotten, zog sich schnell an und hastete durch den Park, der von Tausenden winzigen Lichtern erhellt wurde. Wie künstliche Sterne funkelten sie an den Stämmen und zwischen den Blättern.

„Guten Abend, schönes Mädchen, so allein? Darf ich dein Begleiter sein?", grüßte sie jemand. Lilo erschrak so heftig, dass sie den nassen Badeanzug in die Richtung schleuderte, aus der die Stimme gekommen war.

Aus der Dunkelheit tauchte Bolell auf und wischte sich mit dem Arm das Gesicht ab. „Wo warst du?", fragte er sie.

„Geht dich nichts an!", fauchte Lilo. „Wag es nie wieder, mir aufzulauern!"

Der gut aussehende Junge fuhr sich verlegen

durch die drahtigen schwarzen Haare. „Was habe ich dir getan? Weshalb so forsch?“

„Hau ab!“, rief Lilo, die nicht angequatscht werden wollte. Bolell verzog das Gesicht und trollte sich wie ein geprügelter Dackel.

Lilo lief weiter und prallte hinter einer Wegkrümmung mit jemandem zusammen. Eine Woge von Zorn durchflutete Lilo. „Ich habe dir doch gesagt, du sollst Leine ziehen!“, schrie sie.

„He, Lilo … ich bin es, Axel! Was ist denn, warum gehst du so auf mich los?“

Lilo war sehr erleichtert, ihrem Freund gegenüberzustehen. Die beiden begannen gleichzeitig aufeinander einzureden, um ihre Neuigkeiten loszuwerden. Beide staunten nicht schlecht über das, was der jeweils andere zu berichten hatte.

„Und was machen wir?“, fragte Axel.

„Was schon? Wir fahren morgen zum ‚Sand Palace‘! Allerdings wird uns der Regenwurmmann nicht zu Gesicht bekommen.“

Unter der gläsernen Kuppel im Meer ging der Mann unruhig auf und ab. Manchmal blieb er stehen und trommelte mit den Fingern auf seinen Kalender. Vor drei Tagen hätte bereits alles über die Bühne gehen sollen. So war es abgemacht gewesen. Dafür war er bezahlt worden.

Der Mann dachte über seinen seltsamen Auftraggeber nach. Er kannte ihn nicht persönlich und man hatte ihm nie erklärt, wozu die Teufelsrochen benötigt wurden. Er wusste nur, dass sein Auftraggeber Rechtsanwalt war und aus Frankreich kam.

Er hatte nie ein Wort mit ihm gewechselt. Alles war schriftlich vereinbart worden und sie hatten einander nie getroffen. Der Anwalt ahnte nicht, dass man ihm damals nachspioniert hatte. Der Mann in der Glaskuppel hatte seinen Auftraggeber beschattet und beobachtet, wie er im Riff einen Tresor versenkt hatte. Einen Tresor, den nun die Teufelsrochen bewachten. Sie entfernten sich nie mehr als hundert Meter von dem Stahlschrank – dafür war gesorgt! Und wer sich ihm näherte, ohne das Geheimnis zu kennen, war erledigt. Die Teufelsrochen waren eine Züchtung, auf die er stolz sein konnte.

„Was ist wohl in dem Tresor?“, überlegte der Mann und kam zu dem Schluss, dass es etwas sehr Wertvolles sein musste. Doch war es selbst ihm nicht möglich, die Teufelsrochen zu besänftigen.

Dazu bedurfte es eines gewissen Tricks, den nicht einmal er …

Der Mann kannte das Riff, wo die Teufelsrochen ihre Runden zogen und den Zugriff auf den Tresor unmöglich machten. Er beschloss, am nächsten Morgen mit dem Boot hinauszufahren. Vielleicht war schon alles gelaufen? Aber dann hätten die Tiere zu ihm zurückkehren müssen. Das war so ausgemacht, dafür waren alle Vorbereitungen getroffen. Bis jetzt waren sie aber nicht gekommen …

Lass andere die Arbeit machen und schlag erst dann zu!, dachte er.

Er verließ die Kuppel und durchquerte den Gang, bis er zu der siebenfach gesicherten Tür kam. Dahinter befanden sich seine „Schätze“, und einige würde er bald einsetzen.

Rache! Die endgültige Abrechnung!

TREFFPUNKT „SAND PALACE"

Lilo schlief in dieser Nacht sehr schlecht. Immer wieder hörte sie den Einschlag der Geschosse in das Surfbrett und jedes Mal stieß sie einen gequälten Schrei aus.

Als es bereits dämmerte, fiel sie in einen tiefen, erholsamen Schlaf. Sie erwachte erst kurz vor zehn, als sie von Axel wild an den Schultern gerüttelt wurde. „He … aufstehen, Faulpelz! Um zwölf können wir den Regenwurmmann treffen. Sollen wir diese Chance nicht nutzen?"

„Doch, doch", murmelte Lilo und taumelte ins Badezimmer.

Eine Viertelstunde später saßen die vier Freunde bei einem üppigen Frühstück. Während sie mampften und schmatzten, hielten sie flüsternd ihren Knickerbocker-Rat ab.

„Vor allem wollen wir uns bei dir entschuldigen“, sagte Poppi zu Beginn. „Du hast von Anfang an Recht gehabt. Diese beiden Schlüssel, mit denen ist etwas oberfaul.“

Lilo nickte und meinte mit vollem Mund: „Und wir werden rausfinden, was. Seid ihr dabei?“

Drei Hände schnellten nach oben. Lilo genoss den kleinen Triumph, denn sie hatte sich über das Misstrauen der anderen sehr geärgert.

„Aber wie kommen wir zu diesem Hotel ‚Sand Palace‘? In eineinhalb Stunden müssen wir dort sein, wenn wir den Regenwurm nicht verpassen wollen“, sagte Dominik. Lilo unterbrach ihn: „Wir werden uns dem Kerl nicht zeigen und die Schlüssel bekommt er auf keinen Fall. Wir fahren zu diesem Hotel und gehen dort in Deckung. Der Typ wird nicht ewig auf uns warten. Irgendwann wird er dorthin zurückkehren, wo er hergekommen ist, und dann werden wir uns an seine Fersen heften.“

„Aber wie?“, schnaufte Axel. „Wir brauchen ein Auto. Und Taxis gibt es keine mehr. Ich habe schon gefragt. Sie sind alle ausgebucht und kommen erst gegen Abend zurück.“

Lilo schimpfte leise vor sich hin. Die Zeit drängte! Sie sprang auf und begann, ziellos durch die weitläufige Hotelanlage zu streunen.

„Holdes Fräulein, darf ich's wagen, meine Hand zum Geleite anzutragen?", rief jemand neben ihr.

Das war doch … „Bolell?", fragte sie.

„Bin es!", rief der junge Mauritier und strahlte Lilo an.

„Aber was machst du hier? Ich dachte, du arbeitest im Hotel ‚Gironimo' im Casino!"

„Tu ich auch, aber zu wenig Mammon!" Lilo musste lachen. So altmodische Wörter benutzte sonst nur Dominik.

„Du meinst zu wenig Geld?", sagte sie. Bolell nickte. „Tagsüber hier und am Abend dort. Deshalb ich bin nicht arm. Ich sogar habe eine Kutsche!"

Lilo grinste. „Du meinst, ein Auto?"

Wieder nickte Bolell. „Jajaja! Auto!"

Lilo fiel ein Stein vom Herzen. „Du, sag … kannst du irgendwie von hier weg? Jetzt, auf der Stelle? Du musst uns zum Hotel ‚Sand Palace' bringen. Es ist sehr, sehr wichtig. Ist das möglich?"

Bolell wirkte ratlos. „Schwer, schwer, schwer! Aber kann probieren." Er lief in das große Hauptgebäude. Wenige Minuten später kehrte er zurück und hob begeistert den Daumen. Er hatte es geschafft. „Habe gelogen … Mutter sehr krank. Aber Chef edel und gut! Komm!“

„Äh … meine Freunde kommen auch mit. Hast du was dagegen?“, fragte Lilo etwas unsicher.

Bolell zögerte. „Nein, sie sind bestimmt so anmutig wie du.“

Die Knickerbocker-Bande traf Bolell auf dem Parkplatz hinter der Küche. Stolz präsentierte er sein Auto, das nicht ganz den Vorstellungen der vier Freunde entsprach. Es fehlten drei Türen und die Kofferraumklappe.

„Keine Bange, hat Sicherheitsgurten. Gut anbinden, dann niemand geht verloren!“, beruhigte er die Knickerbocker.

Etwas widerstrebend stiegen die vier ein. Bolell startete und fuhr los. Da er hauptsächlich Abkürzungen über Feldwege benutzte, wurden die Juniordetektive ordentlich durchgerüttelt.

Die Fahrt zum „Sand Palace“ dauerte eine halbe Stunde und verschaffte jedem der vier Freunde ungefähr zehn blaue Flecken. Zwanzig Minuten vor der vereinbarten Zeit erreichte Bolell das Ziel und parkte hinter einigen Jeeps. Von dort konnten Axel, Lilo, Poppi und Dominik den Eingang des Hotels gut im Auge behalten. Sie warteten gespannt auf das Erscheinen des Regenwurmmanns.

Er war überpünktlich. Fünf vor zwölf hetzte er über den Parkplatz und strebte auf die Säulenhalle zu, in der der Empfang untergebracht war. Mit großen Schritten eilte er hinein und schnüffelte jeden Winkel der Halle ab. Die Knickerbocker beobachteten, wie er ständig auf seine Armbanduhr blickte und verzweifelt umherschaute.

Erst um Punkt ein Uhr verließ er das Hotel. Sein kahler Kopf war rot vor Wut, seine Augen zu kleinen Schlitzen zusammengekniffen.

„Los, wir dürfen ihn nicht verlieren“, sagte Lilo. „Schnell!“

Unauffälliges Verfolgen war schwer möglich. Der Motor von Bolells Auto machte mehr Krach als fünf Rasenmäher zusammen. Dennoch bemerkte der Regenwurmmann die Bande nicht, als sich das Gefährt aus der Parklücke schob.

Er bestieg ein verrostetes Motorrad und ratterte los. Bolell folgte ihm mit großem Abstand.

„Schneller! Sonst entwischt er uns!“, trieb Lilo ihren Fahrer an. Das hätte sie besser nicht tun sollen. Der Mauritier trat mit voller Wucht auf das Gaspedal, worauf die Schnauze des Wagens sogar von der Straße abhob. Die Knickerbocker schrien auf und krallten sich an den Sitzen fest. Wie ein Rallyefahrer schlitterte er mit quietschenden Reifen in jede Kurve und rückte näher und näher an den Regenwurm heran.

„Nicht zu nahe …“, warnte Lilo. Bolell schien alles immer nur ganz oder gar nicht zu machen. Augenblicklich trat er aufs Bremspedal und die Juniordetektive wurden nach vorne geschleudert. Zum Glück verhinderten die Sicherheitsgurte das Schlimmste.

„Bitte … bitte, verfolge das Motorrad, aber lass nicht mehr als siebzig Meter Abstand!“, formulierte Lilo ihren Auftrag so genau wie möglich. Bolell nickte, lachte und gab kräftig Gas.

Die Fahrt dauerte nicht mehr lange, denn der Regenwurmmann bog in einen kleinen Seitenweg ein. Bolell bremste und wartete an der Abzweigung, um zu sehen, was der Mann vorhatte. Das Motorrad knatterte durch ein hohes, breites, kunstvoll gefertigtes schmiedeeisernes Tor, auf dem Fische und Wasserpflanzen dargestellt waren.

Hinter dem Tor begann ein farbenprächtiger tropischer Garten, in dem der Regenwurmtyp verschwand.

„Sollen wir ihm nach?“, fragte Lilo. Allgemeines Nicken.

„Aber zu Fuß!“, verlangte Axel, der seinen Magen nicht länger quälen wollte.

Bolell wollte nicht mitkommen und versprach, beim Wagen zu warten. Also machten sich die vier Knickerbocker allein auf den Weg, durchschritten das prachtvolle Tor und schlichen in den Park.

„Zurück!“, zischte Lilo und zog ihre Freunde hinter einen Baum. Axel, Poppi und Dominik erkannten sofort den Grund. Nicht einmal zwanzig Meter von ihnen entfernt machte sich der Regenwurmmann an der Tür eines kleinen Häuschens zu schaffen. Es sah putzig aus. Wie eine weiße Herrschaftsvilla, die geschrumpft war.

Der Regenwurmmann schloss auf und trat ein. Er rief etwas und ein leises Poltern ertönte. Dann wurde die Tür zugezogen.

Die Bande ließ ein paar Minuten verstreichen, bevor sie sich aus dem Versteck wagte. „Los … wir schauen zum Fenster hinein!“, forderte Lilo die anderen auf. Geduckt huschten sie über den Weg zur Hauswand.

Lilo presste das Ohr gegen die Eingangstür. Absolute Stille – im Haus war nichts zu hören. Lilo gab

Axel ein Zeichen, über die Fensterkante zu spähen. Er verstand sofort und meldete wenig später, was er gesehen hatte: „Das Haus ist bewohnt … ein Tisch ist für zwei Personen gedeckt. Das Geschirr ist benutzt, im Zimmer hält sich aber keiner auf."

Das Superhirn zog vorsichtig an der Türklinke. Sie ließ sich lautlos niederdrücken.

Die Tür schwang auf.

ZIMMER OHNE BODEN

Nichts tat sich. Niemand kam, um die Tür wieder zu schließen, keiner rief „Hallo!“. Nichts. Stille. Hatte sich der Regenwurmmann in Luft aufgelöst? Oder gab es in dem Häuschen noch eine Etage? Oder …

Lilo atmete tief durch und nahm allen Mut zusammen. Sie trat ein. Die Tür war nicht einmal so hoch, dass sie aufrecht durchgehen konnte. Der Vorraum war leer.

„Kommt, Tempo!“, flüsterte sie und marschierte voran. Poppi, Axel und Dominik hielten sich dicht hinter ihr, als sie das Zwergenhaus betraten. Sie waren auf das Äußerste angespannt und blickten sich ständig nach allen Seiten um. Drohte Gefahr? Lauerte ihnen vielleicht ein Angreifer auf? Sie durften nichts übersehen.

Endlich standen alle vier um die längliche Tafel und betrachteten das Geschirr.

Dominik entdeckte es als Erster: „He … das alles wurde nicht benutzt. Das ist Geschirr, wie wir es auch am Theater verwenden. Die Speisereste sind aus Kunststoff, der Schmutz auf den Tellern ist nur aufgemalt!“

„Was … was ist das hier?“, rief Poppi.

Als Antwort klappte der Boden unter ihren Füßen in der Mitte auseinander und die vier Juniordetektive stürzten in die Tiefe. Der Schreck fuhr ihnen durch die Glieder und lähmte sie. Ihr Fall wollte und wollte nicht aufhören. Eiskalte Luft umwehte ihre verzerrten Gesichter.

Der Absturz endete in eiskaltem Wasser, das über den Köpfen der Freunde zusammenschlug. Durch den Schock waren sie zuerst nicht in der Lage, mit den Beinen zu strampeln oder die Arme zu bewegen. Die Kälte des Wassers schnürte ihnen den Brustkorb zu und schien den letzten Rest Luft aus ihren Lungen zu pressen.

Es war der totale Horror!

„Nach oben schwimmen!“, befahlen die Gehirne

der vier ihren Armen und Beinen. Fast automatisch begannen sie nach einigen Schrecksekunden zu rudern und sich an die Oberfläche zu arbeiten. Prustend und spuckend streckten sie die Köpfe aus dem Wasser und atmeten gierig durch. Sie schlugen um sich und versuchten, irgendwo an den Wänden Halt zu finden, aber es war unmöglich. Die Mauern waren glitschig und sie rutschten mit den Fingern sofort wieder ab.

„Was … was soll das?", japste Axel. Lilo hob den Kopf und erkannte hoch über ihnen die Decke des Zimmers, in dem sie gerade noch gestanden hatten. Der Boden des Zimmers war wie eine Falltür auseinandergeklappt. Die Möbel standen noch immer auf den nach unten hängenden Klappen. Sie mussten angeschraubt sein. Die Bande war also in eine vorbereitete Falle getappt. Eine Falle, die man aber bestimmt nicht für sie errichtet hatte. Wahrscheinlich waren auch schon andere hier im Wasser gelandet.

„Hilfe! Hilfe! Holt uns raus!", schrie Poppi und machte hektische Schwimmbewegungen. „Hilfe! Hilfe!"

Aber nichts tat sich. Oben im Häuschen blieb alles still.

„Was machen wir jetzt?“, jammerte Dominik.

„Nicht heulen, sondern klar denken!“, schimpfte Lilo laut.

„Ja, Frau Superschlau, was denken Sie denn?“, brüllte Axel genervt.

„Äh … Es muss doch einen Weg aus diesem Schacht geben. Los, sucht die Wände ab! Vielleicht findet ihr Leitersprossen oder etwas Ähnliches“, spornte Lilo die anderen an.

Die Suche war erfolglos. Axel holte tief Luft und ließ sich kerzengerade nach unten sinken. Er wollte wissen, wie tief das Wasser war. Vielleicht gab es am Grund des Schachts eine Art Zufluss, durch den man entkommen konnte.

Als er spürte, dass er dringend wieder auftauchen und atmen musste, gab er auf. Festen Grund hatte er nicht gespürt.

„Hilfeeeee!“, brüllten die vier im Chor und hofften, dass sie jemand hören würde. „Hilfeeeee!“

Über den Rand der großen Falltür beugte sich eine bekannte Gestalt. Es war der Regenwurmmann, der das haarlose Gesicht zu einem widerlichen Grinsen verzogen hatte. Er spuckte in den Schacht, schnitt Grimassen, zeigte den Knickerbockern die lange Nase und verspottete sie. „Moine

Fröleins … moine ’erren … ich will Schlüssel … keine Schlüssel, ihr müsst trinken. Wo Schlüssel? … Mich nicht zum Narren machen!“

„Los, sag ihm, wo er die Schlüssel findet, sonst saufen wir ab!“, schrie Axel. Lilo biss sich auf die Lippen. Sollte sie das wirklich tun?

„He, aber vielleicht holt er uns trotzdem nicht raus!“, befürchtete das Superhirn.

„Sag’s ihm!“, fuhr Poppi sie an.

„Die Schlüssel sind in unserem Zimmersafe.“ Lilo nannte den Namen des Hotels, die Zimmernummer der Mädchen und den Code für den Safe. Er lautete 2612. Lilo hatte diese Ziffernfolge gewählt, weil die Bande am sechsundzwanzigsten Dezember angekommen war.

„Danke, moin Frölein!“, flötete der Glatzkopf und erhob sich. Bisher hatte er an der Falltür gekniet und hinuntergeschaut. Nun stand er, die Hände triumphierend in die Hüften gestützt, und spuckte wieder in den Schacht. Er lachte böse und begann einen wilden Freudentanz aufzuführen.

„He … was soll das? Sie haben versprochen, uns rauszuholen, wenn wir Ihnen das Versteck verraten!“, schrie Axel und seine Stimme zitterte vor Wut und Verzweiflung.

„Ich nix versprochen“, kreischte der Regenwurmmann. Hinter ihm bewegte sich etwas und er drehte sich um. Sofort war es mit seiner guten Laune vorbei und das dürre Männchen erzitterte. Eine tiefe Stimme knurrte etwas auf Französisch und der Regenwurm wurde an seinem fleckigen Jackett gepackt. Mit großen Augen stellte das Superhirn fest, dass der brutale Arm in einem weißen Ärmel steckte. Der Glatzkopf wimmerte und schluchzte, als er aus dem Haus gezerrt wurde.

„Das war … dieser Lai Min … der Besitzer des Casinos … der Mann im weißen Anzug, vor dem der Regenwurm am Flughafen abgehauen ist“, erklärte Lilo ihren Freunden.

„Wir müssen raus … aber jetzt ist unsere letzte Chance verspielt“, tobte Axel, der langsam, aber sicher die Nerven verlor.

Poppi klapperte mit den Zähnen und atmete stoßweise ein und aus. Es fiel ihr immer schwerer, Luft zu bekommen. Nun musste schnell etwas geschehen. Am besten ein Wunder!

Zitternd strampelten die Knickerbocker in dem eiskalten schwarzen Wasser. Was war mit den anderen Opfern geschehen? Lagen sie vielleicht irgendwo tief unten, am Grund des Schachts …?

RETTUNG IN LETZTER SEKUNDE

Die Minuten verstrichen und die Atemgeräusche der vier Freunde wurden immer lauter. Die Kälte kroch durch die Haut in ihre Muskeln und Knochen. Das tat weh, höllisch weh. Und Verzweiflung und die Ausweglosigkeit ihrer Lage schwächten sie zusätzlich.

„Werte Freunde!“, rief eine Stimme im Garten. „So meldet euch!“ Bolell! Es war Bolell! Er war sie suchen gekommen.

„Hier sind wir! Im Haus! Hier!“, brüllten die Knickerbocker mit letzter Kraft. „Hier, komm schnell rein!“

Die Tür wurde geöffnet und der Mauritier betrat schwungvoll das Haus. „Wo befind… aaaaahhh!“

Bolell hatte die Falltür nicht gesehen und stürzte – genau wie zuvor die Juniordetektive – in den Schacht. Es klatschte laut und das Wasser spritzte nach allen Seiten. Schnell griffen Axel und Lilo nach unten und fischten nach dem Jungen.

Spuckend und keuchend tauchte Bolell auf und schimpfte laut.

Die Knickerbocker-Bande schwieg. Jetzt war alles aus. Jetzt war ihre letzte Hoffnung im wahrsten Sinne des Wortes ins Wasser gefallen. Die vier kämpften, versuchten immer wieder Halt an der glatten Mauer zu finden, krallten sich an den kleinsten Vorsprüngen fest, aber sie wussten, dass sie diesen Kampf nicht gewinnen konnten. Bolell strampelte neben Lilo und suchte verzweifelt nach einem Ausweg, aber auch ihm wurde zusehends klar, dass es keinen gab.

„Hallo? Hallo?", rief eine Mädchenstimme irgendwo in der Ferne. *„Allô, qui est là?"* *

Bolell trat heftig nach unten, um sich über Wasser zu halten, formte die Hände zu einem Trichter und schrie: *„Nous sommes ici! Dans la maison! Attention!"* **

---

*„Hallo, wer ist da?"

**„Wir sind hier! Im Haus! Achtung!"

„Hilfe … bitte, helfen Sie uns!“, stimmten die Knickerbocker ein, aber ihre Stimmen waren deutlich geschwächt. Es polterte über ihnen und jemand klopfte an die Tür und auf den Boden.

Was soll das? Wieso klopft jemand an, wenn wir um Hilfe schreien?, dachte Axel. Das Klopfen wurde schneller und lauter. Ein weißer Stock schob sich über die Kante der Falltür.

„Vorsicht!“, brüllte Lilo. Über ihnen erschien die Gestalt einer blonden jungen Frau in einem weißen Spitzenkleid. Sie war blind und ertastete sich mit dem Stock ihren Weg.

„Wer ist da?“, fragte sie. Sie sprach mit leicht französischem Akzent.

„Hier unten sind fünf Leute. Holen Sie Hilfe, sonst ertrinken wir!“, krächzte Axel.

„Aber … wer hat die Falle geöffnet?“, fragte die Frau erstaunt.

„Wir erzählen Ihnen alles später!“

Die Blinde versprach, Hilfe zu holen, und verschwand. Wieder verstrichen bange Minuten, bis endlich ein kräftiger Mauritier erschien und ein dickes Seil in den Schacht warf. Daran zog er einen nach dem anderen nach oben.

Erleichtert stolperten die Juniordetektive in die

warme Sonne hinaus und ließen sich keuchend in das Gras fallen.

„Guten Tag“, begrüßte sie die junge Frau und streckte die Hand aus. Lilo ging als Erste auf sie zu, nahm die Hand und drückte sie herzlich.

„Guten Tag, ich heiße Lilo und möchte dir vielmals danken. Ohne dich wären wir abgesoffen!“

„Abge…socken?“ Die Frau wiederholte staunend das Wort. Lilo erklärte ihr, was „abgesoffen“ bedeutete, und stellte die Knickerbocker-Bande und Bolell vor.

„Ich heiße Virginie“, erwiderte die Retterin. „Ihr müsst mir jetzt alles erzählen. Kommt in mein Haus. Ich gebe euch trockene Kleidung!“

Sie folgten der blinden Frau, die sich sehr sicher bewegte. Tastend klopfte sie mit dem Stock auf den Weg vor sich und ließ ihn dabei wie ein Pendel von einer Seite auf die andere schwingen.

„Das … also das habe ich noch nie gesehen … höchstens im Film!“, sagte Axel und blieb staunend stehen.

„Was ist?“, erkundigte sich Virginie.

„Äh … Virginie, entschuldige die Frage, aber weißt du, wie dieses Haus aussieht?“, fragte nun Dominik.

Virginie lächelte. „Genau wie das kleine, in dem ihr gefangen wart, nur groß."

„Ja, es ist ein Herrenhaus mit einer großen Veranda, vielen hohen Säulen, einem Balkon und riesigen Fenstern. Aber weißt du, in welcher Farbe es gestrichen ist?" Virginie schüttelte den Kopf.

„Das Haus ist schwarz ... schwarz ... alle Gardinen sind schwarz ... und in den Blumenkästen auf den Fensterbrettern wachsen schwarze Blumen", schilderte Poppi.

Virginie zuckte hilflos mit dem Mund. „Aber ... das wusste ich nicht ... das ... also ... ich ...!" Sie brach in Tränen aus.

„Entschuldige, wir wollten dich nicht kränken", sagte Lilo schnell und legte einen Arm um ihre Schulter.

Virginie fuhr erschrocken zusammen. „Nein, nein, es ist nur ... weil dein Arm so nass und kalt ist", meinte sie entschuldigend. „Bitte, tretet ein!"

Das Innere des alten Hauses, in dem früher bestimmt ein Großgrundbesitzer gewohnt hatte, war genauso schwarz wie die Fassade. Schwarz. Alles war schwarz. Die Möbel, die breite Holztreppe, die Türen und die Wände. Die Bande hatte das Gefühl, eine Gruft zu betreten.

Die mächtige Treppe, die in einem schwungvollen Bogen nach oben führte, knarrte leise. Die Knickerbocker hoben die Köpfe und sahen eine Frauengestalt auf dem obersten Absatz stehen.

Die Frau war mittelgroß, sehr schlank und hatte eine würdevolle Haltung. Ihr Haar war schwarz und wirkte unecht. Ihre Haut schimmerte weiß und durchscheinend wie Wachs. Sie rief etwas nach unten und Bolell runzelte die Stirn.

„Was hat sie gesagt?", wollte Lilo wissen.

„Sie fragt, ob der Sarg gekommen ist", übersetzte Bolell.

Virginie antwortete der Dame, woraufhin diese kehrtmachte und dann verschwand. Ihr bauschiges, schwarzes Kleid, das Lilo an ein Ballkleid erinnerte, raschelte vornehm.

„Das ist Tante Marie-Louise", sagte Virginie. „Sie ist ... sie ist sehr nett. Aber sehr seltsam. Sie sitzt die meiste Zeit vor einem Ölgemälde in ihrem Zimmer und kommt nur zu den Mahlzeiten herunter. Sie spricht nur, wenn sie nach dem Sarg fragt. Ich weiß nicht, was sie meint. Aber sie ist eine Frau, die Zuneigung verdient!", schloss die Blinde.

Die Knickerbocker beschlich ein komisches Gefühl. Lange wollten sie hier nicht bleiben.

Nachdem sie sich abgetrocknet hatten, führte Virginie die fünf zu ihrem Kleiderschrank und forderte sie auf, sich zu bedienen. Da Virginie aber nur Kleider besaß, mussten selbst die Jungen widerwillig und murrend Röcke und Blusen anziehen.

„Regt euch ab, die Schotten tragen das auch!“, zischte Lilo Axel, Dominik und Bolell zu.

Ihre T-Shirts und kurzen Hosen legten sie zum Trocknen auf die Fensterbänke, die von der Sonne gewärmt wurden.

Virginie bat ihre Gäste, in einem riesigen Salon Platz zu nehmen, und klingelte nach der Köchin. Ein mauritisches Mädchen kam herein, und die Blinde trug ihm auf, Tee zu kochen und Sandwichs zu bringen.

„Das Häuschen im Garten ist eine Falle“, erklärte sie. „Eine Falle für Leute, die sich auf das Grundstück schleichen und zu neugierig sind. Der Mann, dem das Gebäude vor zweihundert Jahren gehört hat, hat sie bauen lassen. Aber jetzt will ich wissen, was ihr hier macht. Wer hat die Falle überhaupt ausgelöst? Was ist geschehen?“

Gespannt lauschte sie dem Bericht der vier Juniordetektive.

„Kennst du den Regenwurmmann?“, wollte Lilo schließlich wissen.

Virginie nickte.

Ein seltsames Vermächtnis

„Das ist sicher mein Bruder Neiko!“, erklärte Virginie und lächelte entschuldigend. „Ich wäre sehr froh, wenn ich euch jetzt ebenfalls einiges erzählen dürfte. Ich denke, ihr könnt mir helfen!“

Die Bande setzte sich bequemer hin und wartete gespannt.

„Neiko, Ramen und ich sind hier auf Mauritius geboren. Neiko kennt ihr bereits, Ramen ist mein zweiter Bruder, er ist der Älteste von uns dreien. Ich bin die Jüngste und fünfundzwanzig Jahre alt.

Tante Marie-Louise ist die Schwester meines Vaters. Sie, ihr Mann Pierre und mein Papa haben hier auf Mauritius als Meeresbiologen gearbeitet. Sie haben eine Unterwasser-Beobachtungsstation eingerichtet und viele wissenschaftliche Arbeiten darüber verfasst.

Als ich fünf Jahre alt war, starb meine Mutter und mein Vater zerstritt sich mit meinem Onkel. Papa wollte nicht mehr auf Mauritius bleiben. Er nahm die Einladung an, als Professor an einer Pariser Universität zu unterrichten. Deshalb verkaufte er das Haus, das wir hier bewohnt hatten, und ließ die gesamte Einrichtung auf ein Schiff verladen.

Damals muss etwas geschehen sein, über das keiner von uns etwas weiß. Als die Möbel weggeschafft wurden, stieß mein Vater einen Jubelschrei aus und rief uns Kinder zu sich. Ramen war damals achtzehn, Neiko siebzehn und ich – wie gesagt – fünf. Vater verkündete uns, dass wir uns später einmal keine Sorgen wegen Geld machen müssten. Mehr verriet er uns damals aber nicht."

Die Juniordetektive hörten aufgeregt zu. „Und hat er euch später einmal erzählt, warum?", fragte Lilo. Virginie schüttelte den Kopf.

„Nein. Ich weiß nur, dass sein Anwalt nach seinem Tod vor drei Jahren noch in seinem Auftrag nach Mauritius reisen musste, aber er durfte uns nicht sagen, was der Grund war. Der Verlust meines Vaters hat mich sehr getroffen, und ich wollte nicht in Paris bleiben. Daher bin ich auf die Insel gekommen und zu Tante Marie-Louise und Onkel Pierre gezogen. Ich fühle mich hier wohl, da das Klima für meine Gesundheit gut ist, aber die Atmosphäre in diesem Haus jagt mir oft Angst ein."

„Wieso?", fragte Axel.

„Ich spüre, dass etwas geschehen ist, aber ich kann nicht sagen, was", sagte Virginie etwas ratlos. „Onkel Pierre verlässt sein Zimmer nur sehr selten und spricht kaum ein Wort mit mir. Tante Marie-Louise habt ihr ja selbst kennengelernt."

Poppi sah Virginie verständnislos an und fragte: „Wieso gehst du nicht einfach weg, wenn hier alle spinnen?" Sie hatte völlig vergessen, dass Virginie ja blind war, so lebhaft hatte sie erzählt.

Virginie antwortete traurig: „Weil das nicht so einfach ist. Mein Vater hat mir nämlich nichts, absolut nichts hinterlassen. Nicht einen Euro oder eine mauritische Rupie. Nichts. Ich habe lange Zeit nicht die Notwendigkeit gesehen, einen Beruf zu erlernen. Papa hat mich stets verwöhnt und mir jeden Wunsch erfüllt. Und jetzt … jetzt ist es zu spät." Virginie senkte den Kopf und fügte leise hinzu: „Papa hat mich immer wie ein kleines Kind behandelt, weil ich blind bin. Aber das war falsch. Er hätte mir beibringen sollen, selbständig zu werden, auf eigenen Beinen zu stehen."

Die Juniordetektive schwiegen betroffen. Sie wussten nicht, was sie sagen sollten. „Und deine Brüder … sind die auch wieder nach Mauritius gezogen?", fragte Dominik nach einer Weile.

„Nein", erwiderte Virginie, „meine Brüder … Nun, aus beiden ist nicht das geworden, was sich mein Vater erhofft hatte. Sie waren dauernd in dunkle Geschäfte verwickelt. Beide waren auch schon im Gefängnis. Ich weiß, dass Neiko hier ist, aber von Ramen habe ich seit Jahren nichts mehr gehört."

„Was macht Neiko hier? Kannst du dir vorstellen, warum er sich vor einem Chinesen namens Lai Min fürchtet?", fragte Lilo. Virginie zuckte ahnungslos mit den Schultern.

„Und kannst du dir denken, was er mit zwei Safeschlüsseln zu tun haben könnte?", fragte Lilo weiter. Virginie horchte auf.

„Safeschlüssel? Wie sehen die aus?"

Das Superhirn beschrieb sie und Virginie erhob sich. Sie tastete sich durch das Zimmer und strebte auf einen offenen Kamin zu. Mit den Händen klopfte sie das Sims darüber ab und packte eine kleine Schatulle. Sie öffnete den Deckel und wollte etwas herausnehmen. Virginie stutzte. „Seltsam … er war da drinnen, das weiß ich genau“, sagte sie. „Vor drei Wochen, genau am Todestag meines Vaters, kam ein Päckchen. Es enthielt diese Schatulle, in der ein merkwürdiger Schlüssel lag. Er sah genau so aus, wie ihr ihn beschrieben habt. Einige Tage später tauchte Neiko hier auf und besuchte mich. Er redete wirres Zeug und ich bat ihn, mir den Brief vorzulesen, der mit dem Schlüssel gekommen war. Er behauptete, dass das Ding nur ein Andenken an unseren Vater sei. Jedenfalls stünde das im Brief.“

„Hast du den Brief noch?“, fragte Dominik.

Virginie hob das Kästchen und holte ihn darunter hervor. Sie reichte ihn Dominik, der ihn an Bolell weitergab. Der Brief war in Französisch geschrieben und der Mauritier sollte übersetzen.

„Geliebte Virginie, erinnerst du dich noch an den Tag, an dem ich euch Kindern mitteilte, dass ihr euch niemals werdet sorgen müssen? Damals habe ich in den Schubladen einer unserer Kommoden etwas entdeckt, was euch einmal ein Leben ohne Geldnöte sichern würde. Gemeinsam sollt ihr nun, drei Jahre nach meinem Tod, den Nutzen davon haben. Der gleiche Brief geht auch an deine Brüder.

Gemeinsam sollt ihr zur Bank im Hafen von Port Louis auf Mauritius gehen und den Safe mit der Nummer 009995 aufschließen. Dazu sind drei Schlüssel nötig, von denen jeder von euch einen bekommt. Für die Öffnung habe ich einen Tag in der letzten Dezemberwoche vorgesehen. Nur wer mich wirklich liebt und in Erinnerung behalten will, wird einen großen Schatz in Händen halten! Dein dich innig liebender Vater, der dies zu deinem Besten tut, in der Angst, dass du sonst niemals dein Erbe bekommen wirst."

„Eigenartiges Vermächtnis!", stellten die Knickerbocker fest. Lilo fiel vor allem auf, dass der Brief mit der Schreibmaschine getippt war. Es gab nicht einmal eine Unterschrift. Allerdings war sie von der Echtheit des Briefes überzeugt. Er war nämlich auf dem Briefpapier eines Pariser Rechtsanwaltes geschrieben, der die Nachricht wahrscheinlich im Auftrag von Virginies Vater verfasst hatte. Vielleicht sogar nach seinem Tod ...

Virginie, die mit den Tränen kämpfte, da die Erinnerung an ihren Vater hochgekommen war, sagte mit erstickter Stimme: „Ein ähnlicher Brief wurde mir von Vaters Anwalt nach seinem Tod übergeben. Er teilte mir darin mit, dass wir nur alle drei ge-

meinsam unser Erbe würden antreten können. Doch ich sage euch ehrlich, ich brauche keine Schätze und Reichtümer. Ich will meinen Weg finden, der mich glücklich macht. Das ist mir wichtiger!“

Die Bande schwieg nachdenklich. Merkwürdig. Das war alles äußerst merkwürdig.

„Wir müssen schnellstens ins Hotel zurück. Meine Eltern werden bestimmt schon nach uns suchen. Ich habe ihnen nämlich gesagt, dass wir auf die Sportinsel fahren, die zum Hotel gehört. Aber wenn wir nicht bald zurück sind, werden sie sicher unruhig“, drängte Poppi.

„Virginie, wir kommen wieder!“, versprach Lilo. Die junge Frau freute sich darüber.

Eilig zogen die fünf ihre eigenen Klamotten wieder an, die noch immer nicht ganz trocken waren, und machten sich auf den Heimweg.

DER BLINDE PASSAGIER

Am Abend zogen sich die Juniordetektive an einen der Hotelstrände zurück, um alles zu besprechen. Sie hatten während der letzten drei Stunden wenig Gelegenheit dazu gehabt, da Poppis Eltern immer in der Nähe gewesen waren. Wenigstens waren die Schlüssel noch im Safe gewesen.

Die vier ließen sich in die Liegestühle fallen und begannen, ihre Erlebnisse zu ordnen.

„Ein paar Dinge sind klar: Dieser Neiko ist ein Schlitzohr und hat seiner Schwester den Safeschlüssel einfach abgenommen. Der Plan ihres Vaters hat nämlich einen Haken. Es kann auch einer allein mit den drei Schlüsseln den Safe in der Bank aufschließen“, sagte Lilo.

„Neiko hat sie reingelegt, indem er ihr den Brief nicht vorgelesen, sondern etwas vorgelogen hat."

„Aber wo ist dieser Ramen, Virginies zweiter Bruder? Ich erinnere mich, dass der Regenwurm diesen Namen auf dem Flugplatz gerufen hat. Offensichtlich hat er ihn erwartet und wollte die Erbschaft mit ihm teilen!", meinte Dominik.

„Oder er wollte sich auch noch den dritten Schlüssel beschaffen und alles allein kassieren!", warf Axel ein.

„Egal, wir haben zwei Schlüssel und werden dafür sorgen, dass Virginie zu dem kommt, was ihr zusteht!", verkündete Lilo. „Ich denke aber gerade über etwas anderes nach: Welche Rolle spielt dieser Chinese … Lai Min? Er hat sich Neiko heute geschnappt und ich bin ziemlich sicher, dass er auf die Schlüssel scharf ist. Aber beim Regenwurm wird er sie nicht finden …"

Poppi wurde es plötzlich heiß. „He … Leute … dieser Neiko hält bestimmt nicht dicht. Der redet und erzählt Lai Min, wer die Schlüssel hat. Das heißt, wir müssen bald mit Besuch rechnen."

Lilo knetete ihre Nasenspitze so stark, dass sie schmerzte. „Poppi, ich fürchte, du hast verdammt Recht. Aber wenn der Chinese sie bekommt, dann kriegt Virginie nichts. Und sie hatte bis jetzt wirklich kein Glück im Leben. Ich will ihr unbedingt helfen."

Axel dachte laut über Lilos Bericht vom Vortag nach: „Meiner Meinung nach tut sich irgendetwas Verbotenes an Bord der Jacht. Sonst wäre sie doch nicht so streng abgesichert. Wenn wir rausfinden könnten, was dort los ist, gelingt es uns vielleicht, den Chinesen aus dem Wettrennen um die Erbschaft zu werfen!" Dieser Vorschlag klang gut, aber er war äußerst gefährlich.

„Wir werden das nie schaffen. Wir kommen doch nicht einmal in die Nähe der Jacht!", stellte Dominik fest.

Poppi meldete sich zu Wort: „Also ich wüsste schon, wie wir das anstellen könnten, aber ich tu es unter keinen Umständen." Ihre Knickerbocker-Freunde sahen sie fragend an.

„Es ist doch ganz einfach. Wenn dieser Lai Min mit seinem Boot kommt, dann setzt sich die Alarmanlage nicht in Betrieb. Es muss sich also nur einer von uns in seinem Boot verstecken, wenn er zur Jacht fährt, als blinder Passagier."

Lilo klopfte ihrer Freundin anerkennend auf die Schulter. „Spitzenklasse, Poppi!", lobte sie. „Das ist die Lösung! Und wir sollten das noch heute Nacht machen!“

„Aber wie kommen wir zum Hotel ‚Gironimo‘?“, fragte Axel.

Auch da hatte Poppi eine Idee. „Die Freunde meiner Eltern wohnen doch dort. Ich werde sie anrufen und uns ankündigen. Mama und Papa erzähle ich dann, dass sie uns alle zum Abendessen eingeladen haben!“

Gesagt, getan. Poppis List funktionierte bestens. Herr und Frau Monowitsch waren über die Einladung nicht im Geringsten erstaunt, da sie ihren Freunden am Vortag eine Nachricht an der Rezeption hinterlassen hatten.

Im Hotel „Gironimo“ zogen sich Poppis Eltern mit dem befreundeten Ehepaar an die Bar zurück. Die Knickerbocker-Bande gab vor, die luxuriöse Hotelanlage erkunden zu wollen.

Der erste Weg führte die vier zum Casino, wo sie ungeduldig warteten, bis jemand hineinging. Wieder sahen sie Lai Min in seinem weißen Anzug hinter der goldenen Tür, wo er die Gäste empfing. Bolell war leider nirgendwo zu entdecken. Sie hätten ihn gerne eingeweiht, obwohl sie nicht überzeugt waren, dass er ihnen eine große Hilfe sein würde.

„Wer geht auf das Boot von Lai Min?“, fragte Dominik leise.

Lilo hatte an alles gedacht. „Meldet sich jemand freiwillig?“, fragte sie. Alle senkten die Köpfe.

„Findet ihr, dass wir Virginie helfen sollten?“ Alle hoben die Hand.

„Seid ihr einverstanden, dass Poppi unter keinen Umständen den Job übernimmt, da sie die Idee dazu hatte?“ Wieder hoben alle die Hand.

„Dann werden wir das Los bestimmen lassen. Hier sind drei zusammengefaltete Zettel. Auf einem ist ein Kreuz. Wir ziehen, und wer den Zettel mit dem Kreuz bekommt, muss los.“

Axel und Dominik griffen in Lilos hohle Hand. Der dritte Zettel blieb Lilo selbst.

Das Los fiel auf Axel. „Leute ... ich meine ... die haben Waffen“, sagte er leise.

„Aber die werden sie nur einsetzen, wenn sie dich finden, und du wirst dich nicht sehen lassen!“, sagte Lilo bestimmt. „Willst du kneifen?“ Nein, das wollte Axel nicht.

„Aber wir könnten doch diesen Mann anzeigen!“, fiel ihm ein.

Lilo grinste spöttisch. „Lass, Axel, ich mach es selbst!“ Ihr Herz raste bei diesen Worten. „Du traust dich nicht. Dabei müsste dir doch klar sein, dass wir keinerlei Beweise haben. Nichts! Absolut nichts! So, und jetzt verstecke ich mich auf dem Boot. Meine einzige Bitte an euch ist, dass ihr mich durch einen Pfiff warnt, wenn Lai Min kommt."

Axel stieß sie unsanft zur Seite und knurrte: „Spiel dich nicht auf, natürlich gehe ich. Ich habe schon andere Dinge geschafft!"

Schnell verschwand er im Park und steuerte auf den Steg zu. Das Schnellboot war wieder am äußersten Ende vertäut und schaukelte auf den Wellen. Axel stellte erleichtert fest, dass es einen guten Platz zum Verstecken gab. Hinter den beiden vorderen Sitzen befand sich eine flache, dünne Matratze, die bestimmt als Sonnenliege gedacht war. Er hob sie an und entdeckte darunter eine Klappe, die sich leicht öffnen ließ. Sie deckte einen geräumigen Hohlraum ab, in dem Badegäste wahrscheinlich ihre Schwimmsachen oder die Tauchausrüstungen unterbrachten. Er konnte sich dort hineinlegen und würde bestimmt nicht bemerkt werden.

Axel blickte sich nach allen Seiten um. Als er sicher war, dass ihn niemand beobachtete, verschwand er in dem Stauraum. Er ließ die Abdeckung zuklappen und machte sie gleich wieder auf.

War die Jacht überhaupt da? Axel starrte auf das Meer hinaus und sah mehrere erleuchtete Fenster. Das war sicher das Schiff …

Ein schriller Pfiff gellte durch den Park. Axel rutschte blitzschnell nach unten und der Deckel knallte auf seinen Kopf. Autsch! Das gab eine dicke Beule!

Fest stand, dass er nicht lange würde warten müssen. Lai Min war auf dem Weg, seine Freunde hatten ihn durch das Pfeifsignal gewarnt. Das ging ja schneller, als er gedacht hatte.

Axel spürte, wie ihm der Schweiß aus allen Poren trat. Mann, worauf hatte er sich da nur eingelassen? Wozu tat er das? Es war Irrsinn, absoluter Irrsinn!

SÄCKE VOLL GELD

Am heftigen Schwanken des Bootes erkannte Axel, dass Lai Min an Bord gekommen war. Der Chinese ließ sich in den Fahrersitz fallen, summte eine aktuelle Nummer aus der Hitparade vor sich hin und startete. Unter Axels Bauch vibrierte der Boden. Er lag nahe beim Motor.

Surrend setzte sich die Schiffsschraube in Gang, und Lai Min zog den Gashebel voll durch. Der Bug hob sich aus dem Wasser und mit hoher Geschwindigkeit flitzte das Boot davon. Das Geräusch des Motors war bei diesem Tempo bald zu einem Dröhnen angewachsen.

Axel war sich sicher, dass der Chinese auf seinen Weg achtete und sich nicht umsah. Daher wagte er es, die Klappe seines Versteckes zu heben und einen schnellen Blick nach vorn zu werfen.

Axel erkannte den Casinobesitzer, der ein kleines Kästchen in der Hand hielt, das eine Fernbedienung zu sein schien. Er drückte eine Taste und an Bord der Jacht blitzte dreimal eine rote Lampe auf. Daraufhin drückte er die Taste noch dreimal.

Ohne den Alarm auszulösen, fuhr das Schnellboot in einem eleganten Bogen an das große Schiff heran. Lai Min hupte kurz, dann hörte man Stimmen. Es knarrte und surrte, das Boot schwankte heftig und Wasser plätscherte ins Meer.

Die Männer an Bord sprachen laut miteinander. Axel vermutete, dass sie sich auf Chinesisch unterhielten – er verstand kein Wort. Er wunderte sich, wieso das Schnellboot auf einmal so stark schaukelte. Er kam sich wie auf dem Rummelplatz vor. Auch die Geräusche hatten sich verändert. Warum nur?

Schritte entfernten sich und Türen wurden geöffnet und wieder geschlossen. Axel zählte im Kopf bis hundert und stemmte sich dann gegen die Klappe. Ein winziger Spalt genügte, um den Grund für die Veränderung zu erkennen. Die Matrosen der Jacht hatten am vorderen und am hinteren Ende des Schnellbootes Seile angebracht und es hochgezogen. Auf diese Weise hatte Lai Min bequem aussteigen können. Axel wurde bewusst, dass er festsaß. Wie sollte er unauffällig wieder an Land kommen?

Mensch, ich hoffe, der fährt heute noch zurück!, dachte er verzweifelt.

Langsam ließ er seine Blicke über das Deck schweifen. Nichts ... hier war alles still. Keiner zu sehen. Alle mussten sich im Inneren des Schiffes aufhalten.

Soll ich es wagen und aussteigen?, fragte er sich. Geschmeidig wie eine Schlange schlüpfte er aus dem Laderaum und kletterte an Bord der Jacht. Wieder verharrte er ruhig, damit ihm auch bestimmt kein Alarmzeichen entging.

Nein – es war weiterhin ruhig. Axel duckte sich und schlich zu dem weißen Aufbau, der wie ein kleines Haus wirkte. Oben auf dem Dach waren Wälder von Antennen und dicken Bügeln, die sich unermüdlich drehten.

Es schienen Radaranlagen zu sein – aber wozu brauchte eine Jacht so viele?

Vorsichtig sah er durch eines der rechteckigen Fenster. Dahinter lag ein Raum mit noblen Ledersofas, einer kleinen Bar, einem Fernseher und einem Schreibtisch, auf dem sich Papiere türmten. Die Kabine war leer.

Axel hastete weiter und schaute durch das nächste Fenster. „Pahh!“, raunte er, als er die Säcke sah, aus denen Banknoten quollen.

Er zählte sie und kam auf zweiundvierzig! Das mussten mehrere Millionen sein!

Die übrigen Räume des Schiffes befanden sich unter Deck. Axel ging weiter und erreichte eine Tür. Durch sie musste Lai Min mit seinen Leuten eingetreten sein. Leider besaß sie kein Bullauge, durch das Axel etwas hätte erspähen können. Es blieb ihm nichts anderes übrig, als die Tür aufzuziehen.

Plötzlich hielt er inne und dachte: Wozu tu ich das? Ist doch klar, warum das Schiff so gesichert ist. Weil hier irre Geldmengen lagern. Wahrscheinlich die Gewinne aus dem Casino! Axel stutzte. Er wusste, dass Glücksspiele ein gutes Geschäft für die Spielbanken waren, aber er hätte sich nie träumen lassen, dass sie so viel abwarfen.

Nur ein schneller Blick! Axel zog die Tür auf. Sie quietschte nicht, sie knarrte nicht, sie gab keinen Laut von sich. Brave Tür!, dachte er. Er hatte sich zur Sicherheit geduckt und streckte im Zeitlupentempo den Kopf um die Ecke. Hinter der Tür lag ein kurzer Gang, der zur Kabine mit dem Geld führte, und eine Treppe nach unten. Axel musste den Kopf nur etwas vorstrecken, um bis nach unten sehen zu können. Aber außer einem zweiten Gang, der hell erleuchtet war, sah er nichts. Und jetzt, Mister? Was machen wir jetzt?, fragte er sich. Sollte er sich noch weiter vorwagen?

Wenn die mich erwischen, machen sie bestimmt Hackbraten aus mir, dachte er. Plötzlich vernahm er laute Stimmen. Einige Männer schrien auf: Es klang ganz nach Jubel. Sessel wurden gerückt, Schritte kamen näher und Axel wusste, dass es Zeit zum Rückzug war.

Er schloss mit zitternden Händen die Tür und wollte zurück zum Boot. Aber es war zu spät! Die Männer kamen bereits die Stufen herauf. Axel blickte sich hastig um und entdeckte eine Bootsplane, die achtlos gegen die Reling geworfen worden war. Er krabbelte wie ein Käfer darunter und zog sie über seinen Kopf.

Völlig regungslos blieb er liegen und wartete, was geschehen würde. Wenn Lai Min jetzt wegfuhr, dann war er geliefert.

Die Männer trampelten an Deck und lachten

laut. Sie klatschten in die Hände und schienen in einem wahren Freudentaumel zu sein. Axel hörte auf jeden Schritt und stellte fest, dass sie zum anderen Ende des Schiffes gingen. Oh nein … dort war das Schnellboot!

He, was war das? Eine Tür! Es gab noch eine Tür auf Deck, und die hatten die Männer benutzt. Auf einmal war der Lärm nur noch gedämpft. Sie waren in dem Zimmer mit den Sofas, tippte Axel. Der Weg zum Boot war also frei! Er kroch unter der Plane hervor und wollte gerade tief zu Boden gebeugt loslaufen, als er bemerkte, dass die Tür zum Unterdeck offen stand. Die Treppe dahinter zog ihn wie ein Magnet an.

Axel spürte, dass es wichtig war, unter Deck zu gehen. Er hatte ein gewisses Gefühl, das ihn schon einige Male auf die richtige Spur gebracht hatte.

Er versicherte sich, dass niemand in der Nähe war, und huschte auf Zehenspitzen in den Bauch des Schiffes. Sein Herz pochte ihm bis zum Hals, seine Knie versagten ihm fast den Dienst.

Schon befand er sich in einem winzigen Vorraum, von dem zwei Türen wegführten. Auch sie standen offen.

FAULES SPIEL

Axel schaute durch die linke Tür und sah eine Wand von Fernsehern. Sie zeigten den Spielbetrieb im Casino. Vor allem die Roulettetische waren besonders gut zu sehen. Axel erkannte die Felder, auf denen die Spieler ihre Einsätze platzierten. Sinn des Spiels war es zu erraten, auf welcher Zahl die Roulettekugel stehen bleiben würde. Gelang dies, gewann man ein Vielfaches seines Einsatzes.

Auf einem Schaltbrett vor den Monitoren waren Tasten mit Ziffern von null bis sechsunddreißig. Diese Zahlen machten Axel ganz stutzig. Sechsunddreißig? Ebenso viele Felder gab es auch beim Roulette!

In Axel keimte ein Verdacht auf. Er holte tief Luft

und wusste, dass er jetzt den letzten, alles entscheidenden Beweis in die Hand bekommen konnte. Stimmte sein Verdacht, war Lai Min ein Millionenbetrüger, der viele Menschen ins Unglück stürzte.

Der Knickerbocker lief zu der Schalttafel und drückte die Taste mit der Null. In diesem Augenblick warf der Spielleiter im Casino die Kugel auf die Scheibe. Sie rollte und rollte und fiel … in das Fach mit der Null.

Zufall, oder?

Axel drückte die Zweiundzwanzig. Das Licht unter der Null-Taste erlosch. Dafür leuchtete jetzt die Taste mit der Zweiundzwanzig. Erneut wurde die Kugel geworfen und diesmal landete sie auf … der Zweiundzwanzig.

Dem Juniordetektiv war alles klar. An Bord der Jacht befand sich eine Zentrale, mit der das Roulette im Casino gesteuert werden konnte. Auf diese Art verhalfen die Ganoven Lai Mins einigen Leuten eine Weile zu einer Glückssträhne. Wurden sie dann leichtsinnig und erhöhten die Einsätze, war es mit dem Gewinnen vorbei. Dann kassierte nur noch das Casino. Die Zahlen, auf welche die angeblichen Glückspilze setzten, kamen nicht mehr. Axel konnte sich jetzt die Sache mit den beiden Männern erklä-

ren, die Herr und Frau Monowitsch gestern beobachtet hatten.

Er holte aus seiner Hosentasche eine kleine Fotokamera hervor, die ihm Lilo zugesteckt hatte, und knipste die Zentrale der Betrüger einige Male. Er ließ den Apparat wieder verschwinden und wollte zurück nach oben, als er Schritte hörte. Schnell und ohne nachzudenken, huschte er durch die zweite Tür in einen Raum, der im Halbdunkel lag.

Hinter ihm tat sich etwas. Verdammt, da war jemand! Axel wartete darauf, dass ihn jeden Augenblick eine Hand packen würde, aber nichts dergleichen geschah.

Also drehte er sich um und … sah den Regenwurmmann. Er lag gefesselt und geknebelt auf dem Boden und versuchte, mit würgenden Lauten auf sich aufmerksam zu machen.

Der Knickerbocker legte einen Finger auf die Lippen, als Zeichen, dass Neiko ruhig sein sollte. Axel musste sich erst vergewissern, ob jemand die Treppe herunterkam.

Er lauschte und atmete schließlich erleichtert auf. Nichts! Wahrscheinlich war oben nur jemand vorbeigegangen.

Axel beugte sich über den kahlen Mann, zog sein Taschenmesser heraus und zerschnitt die Fesseln. Er nahm Neiko den Knebel aus dem Mund und starrte ihn fragend an.

„Dank … Dank …“, stammelte der eigenartige Kerl und drückte Axels Hand.

„Wir müssen weg von hier … aber wie?“, wisperte der Juniordetektiv.

Zuerst einmal mussten sie auf Deck. Falls sie mit dem Boot nicht wegkamen, konnten sie notfalls ins Wasser springen und wieder zum Hotel zurückschwimmen.

Axel beschloss, vor allem für sich selbst zu sorgen. Neiko drehte selbst krumme Sachen und war nicht zu bemitleiden.

Er streckte seinen Kopf in den Vorraum und blickte zur Tür hinauf. Sie stand noch immer offen. Zu sehen war niemand. Axel zögerte nicht, sondern eilte nach oben.

An Deck war es still. Er drehte sich um und sah, dass Neiko sich dicht hinter ihm hielt. Axel umrundete den Deckaufbau und hörte fröhlichen Gesang aus der vorderen Kabine. Er sah auf und entdeckte, dass er genau neben der Tür stand, die in den Wohnraum führte, in dem gerade gefeiert wurde. Der Schlüssel steckte im Schloss.

Axel nahm allen Mut zusammen, packte den Schlüssel und drehte ihn zweimal um. Das Schloss klickte nicht einmal. Die Männer in der Kajüte hatten nichts bemerkt. Aber Lilo hatte etwas von Schüssen erzählt. Waren irgendwo Waffen zu sehen?

Dort, neben der Reling … Dort steckten zwei Pistolen mit Schalldämpfern in einer Halterung. Axel nahm sie vorsichtig heraus und warf sie ins Meer. Dann robbte er zu dem Schnellboot und sah ein kleines Steuerungskästchen, das an einem dicken Kabel von den beiden Schwenkkränen hing, die das Boot hochgezogen hatten. Damit konnte man es also zu Wasser lassen!

Axel begutachtete den schicken Flitzer. Zu seiner Überraschung steckte der Zündschlüssel. Mit Motorbooten kannte er sich einigermaßen aus. Ich könnte es schaffen, dachte er.

Er gab Neiko ein Zeichen einzusteigen. Kaum war der Regenwurm an Bord, kletterte Axel ins Boot und schnappte das Kästchen, mit dem die Alarmanlage ausgeschaltet werden konnte. Er richtete es auf das Dach der Jacht und drückte die Signaltaste. Eine Lampe leuchtete dreimal rot auf und Axel drückte noch dreimal. Hoffentlich war das auch der richtige Code!

Bis jetzt war alles so glattgegangen, dass es Axel fast unheimlich vorkam. Er wusste, dass jetzt alles sehr schnell gehen musste.

„Festhalten!", raunte er Neiko zu. Dann betätigte er den Knopf auf der Steuerung des Hebekrans, der mit einem Pfeil nach unten gekennzeichnet war. Elektromotoren setzten sich in Gang und ließen das Schnellboot surrend zu Wasser.

Kaum war es auf den Wellen gelandet, rief Axel dem Regenwurmmann zu: „Los! Seile ausklinken, Tempo!" Er hechtete über die Windschutzscheibe und nahm sich die Halterung am Bug vor. Neiko arbeitete heftig am Heck.

Über ihnen wurde es unruhig. Die Gauner schienen etwas bemerkt zu haben. Axel hörte, wie sie wütend an der Tür rissen und mit den Füßen dagegentraten.

Der Mond kam in diesem Augenblick hinter einer Wolke hervor und tauchte die Jacht in bleiches, milchiges Licht.

„Mist …!“, fluchte Axel.

Schwere Gegenstände donnerten von innen gegen die dicken Glasscheiben der Kabine, und die Stimmen wurden lauter.

Axel drehte den Zündschlüssel herum, aber der Motor gab keinen Ton von sich. Mit zitternden Fingern suchte er nach einem Zündknopf, wie er ihn schon einmal auf dem Boot seines Vaters gesehen hatte. Er musste auch noch betätigt werden.

Axel drückte alle Knöpfe, die er finden konnte und entdeckte endlich den richtigen Schalter. Der Motor heulte auf, weil er zu heftig am Gashebel riss. Er legte den Gang ein und raste los.

An Bord der Jacht war es den Gaunern gelungen, die Tür der Kabine zu zertrümmern. Sie stürzten an Deck und sahen sich ziemlich verwirrt um. Das

Boot war weg, aber das Alarmlicht blieb dunkel. Wie war das möglich?

Zwei Männer eilten zum Suchscheinwerfer und knipsten ihn an. Schon sauste der große Lichtkreis über das Wasser. Zwei andere Gauner suchten fieberhaft nach ihren Waffen, konnten sie aber nicht finden.

Das Schnellboot raste ohne Licht über das Meer und entfernte sich mit Höchstgeschwindigkeit von der stolzen Jacht.

Einer der Ganoven hatte offensichtlich Pistolen geholt und verteilte sie nun an seine Komplizen. Er schrie etwas und deutete auf das Schnellboot, das er erst jetzt entdeckt hatte. Es war zum Glück bereits außerhalb der Reichweite des Scheinwerfers, aber der Mond spendete genug Licht, um es deutlich zu erkennen.

Axel warf einen Blick nach hinten und sah die Männer an Deck.

Er riss das Ruder von einer Seite auf die andere und schlingerte in S-Kurven über das Wasser. So gab er keine gute Zielscheibe ab.

Der Mond hatte Erbarmen mit den Flüchtenden und verschwand hinter einer dunklen Wolke. Über das Meer senkte sich Finsternis. Die Verbrecher feuerten einige Schüsse ab, die lautstark durch die Nacht peitschten, aber nicht trafen.

Der Sand knirschte unter dem Boot und Axel sprang ins kniehohe Wasser. Weg, weg, weg! So schnell wie möglich. Er musste sofort die Polizei verständigen.

„Halt!", rief eine Stimme scharf. Vom Strand her kamen zwei Männer zum Boot gelaufen. Beide trugen die weinroten Uniformen des Casinos. Lai Min musste sie per Funk alarmiert haben. Den einen kannte Axel nicht, der andere war Bolell!

Mit einem harten Griff nahm Bolell Axel gefangen. Der zweite Mann kümmerte sich um Neiko.

GEFAHREN OHNE ENDE

Bolells Begleiter zog ein Handy hervor und gab den für die Ganoven glücklichen Ausgang der Jagd durch. Er holte ein Seil aus der Tasche und fesselte Neiko und Axel damit die Hände auf den Rücken. Das lose Ende gab er Bolell. Er trug ihm etwas auf und der Mauritier nickte.

„Los, gehen!“, kommandierte Bolell und schubste Axel und Neiko vor sich her. Sein Komplize watete zum Schnellboot.

„He, Bolell … bitte!“, begann Axel. Der andere Mann drehte sich zu ihnen um, und Bolell knurrte: „Mund zu!“ Axel schwieg entsetzt. Er hatte Bolell für einen Freund gehalten, aber zweifellos war dieser ein Verbündeter Lai Mins.

Bolell trieb die Gefangenen zum Park auf einen unbeleuchteten Teil der Hotelanlage zu. „Schneller, schneller!“, befahl er und boxte die beiden in den Rücken.

Mist … was jetzt?, dachte Axel, aber es fiel ihm nichts ein. Er bemerkte nur, dass sie in einen sehr düsteren Abschnitt des Parks gelangten.

Sollten sie zu einem Auto gebracht und weggeschafft werden?

Nachdem sie sich durch einen hohen Busch gezwängt hatten und die Äste sich wieder hinter ihnen schlossen, zog Bolell ein Taschenmesser aus der Tasche, durchschnitt Axels Fessel und flüsterte: „Lauf, Axel, schnell! Deine Freunde beim Casino! Ich verschwinde! Komme morgen in Hotel zu euch!“

Axel traute seinen Ohren nicht. Bolell hatte nur mitgespielt, um ihn außer Gefahr zu bringen. Er gehörte nicht zur Bande Lai Mins, war nur hineingezogen worden und hatte ihn und Neiko gerettet.

Axel rannte los und kam atemlos beim Eingang des Casinos an. „Los … Polizei … wir müssen sie verständigen. Ich weiß alles!“, keuchte er.

„Und was ist mit dem?“, wollte Lilo wissen. Hinter ihm war nämlich der Regenwurm aufgetaucht, der noch immer gefesselt war.

„Er muss auch etwas mit dem chinesischen Betrüger zu tun haben“, meinte Axel.

„Nein, nein, ich nischt!“, wehrte Neiko ab. „Ich sagen euch Wahrheit. Ich … äh … ich ’aben Tricks von Lai Min ’erausgefunden … schon früher … in andere Länder … und dann ihn erpresst. Ich ’aben auch Geld bekommen, aber dann er misch gefunden. Ich konnte fliehen … und dann er plötzlich ’ier … Aber ich ihm am Flugzeughafen entwischt. Des’alb ich nachgesehen, ob er ’ier macht falsches Spiel, damit ich wieder kann erpressen. Aber … er mich entdeckt ’aben muss und gesucht und gefunden. Er ’aben Plan, misch auf ’o’er See versenken!“

„Genau wie Sie uns gestern in diesem Häuschen im Garten ertränken wollten!“, schimpfte Poppi. „Wenn uns Virginie nicht gerettet hätte …“

Axel zerrte seine Freunde unsanft vom Casino-Eingang weg. „Es ist Wahnsinn, hier herumzustehen. Kommt! Wir müssen uns unter die Gäste mischen. Dort sind wir am sichersten!“, flüsterte er. Die drei folgten ihm in den großen Innenhof des Hotels.

„Ich … ich mache eine anonyme Anzeige“, beschloss Axel. Er ließ sich von einem Mädchen an der Rezeption mit der Polizei verbinden und nahm das Gespräch in einer dick gepolsterten Sprechzelle entgegen. Zum Glück gab es einen Beamten, der Deutsch sprach und Axels Aussage glaubte.

Fünfzehn Minuten später tauchten mehrere Wagen der Kriminalpolizei von Mauritius auf und die Beamten stürmten das Casino. Die vier Freunde beobachteten auch zwei Polizisten, die zum Strand liefen und dort das Schnellboot fanden.

Als die Knickerbocker wenig später zur Bar zurückkehrten, wo Poppis Eltern sich gut gelaunt mit ihren Freunden unterhielten, konnte sich Axel kaum noch auf den Beinen halten. Seine Knie waren weich wie Butter.

„Na, Kinder, hattet ihr einen lustigen Abend?“, fragte Frau Monowitsch. Die vier nickten und versuchten, zu lächeln.

Am nächsten Tag machte die Neuigkeit auf der Insel wie ein Lauffeuer die Runde. Das Casino war geschlossen worden. Lai Min und seine Leute saßen hinter Gittern. Die Spieltische waren alle manipuliert gewesen. Ein Millionenschwindel, an dem der kleine Betrüger Neiko teilhaben wollte – was für ihn allerdings beinahe tödlich ausgegangen wäre.

„Hat ihn eigentlich einer von euch gesehen?“,

fragte Axel seine Freunde. Alle schwiegen. Nein, Neiko hatte sich einfach still und leise aus dem Staub gemacht.

Die Knickerbocker-Bande verbrachte den Tag am Strand einer verträumten Insel, die man vom Hotel aus mit einem Boot erreichen konnte. Die Fahrt dauerte nur zwanzig Minuten und der Strand gehörte den vier Freunden und Poppis Eltern ganz allein. Damit Frau und Herr Monowitsch auch bestimmt nicht mithören konnten, entfernten sich die Freunde und ließen sich unter einer Palmengruppe in den Sand sinken.

„Ich bin völlig geschafft!“, verkündete Axel mit einem tiefen Seufzer, was bei den Erlebnissen der letzten Nacht kein Wunder war.

„Was machen wir jetzt? Ich würde Virginie gerne zu ihrer Erbschaft verhelfen!“, sagte Lilo. „Sie ist so nett und herzlich. Dazu brauchen wir aber den dritten Schlüssel!“

Dominik setzte den Gesichtsausdruck eines Richters auf, der gerade einen Urteilsspruch verkündete, und sagte: „Lilo, das ist unrecht. Das Vermächtnis hat Virginies Vater allen drei Kindern hinterlassen. Falls du daran denkst, Ramen den Schlüssel abzunehmen, vergiss es lieber.“

Lilo verdrehte entnervt die Augen. „Daran kann ich gar nicht denken, da dieser Ramen nicht hier ist. Außerdem wäre auch nichts dagegen einzuwenden, wenn Virginie und Ramen sich alles teilen. Hauptsache sie bekommen … Ja, was bekommen sie eigentlich?“

Der Rest des Tages verging mit Grübeln, Lesen, Schwimmen und Schnorcheln. Gegen fünf kehrte die Bande in die Zimmer zurück und musste dort eine entsetzliche Entdeckung machen. Der Safe der Mädchen stand offen.

Poppi stieß einen Schrei aus. „Dieser Neiko, dieser miese Typ! Er war hier und er hat die Schlüssel geklaut!“

Axel funkelte Lilo wütend an: „Du hast ihm gestern den Code verraten und die Zahlenkombination nicht geändert! Großartig, Frau Meisterdetektiv. Gratuliere! Virginie wird sich freuen, wenn sie hört, dass du sie um alles gebracht hast!“

Lilo ließ ihre Freunde reden. Sie verzog keine Miene, bis die drei eine Verschnaufpause einlegten. Dann erklärte sie triumphierend: „Die Schlüssel waren längst nicht mehr in diesem Zimmersafe. Ich habe sie vor dem Frühstück zum Empfang gebracht und in den großen Hotelsafe legen lassen!“

Erleichtert atmeten die anderen auf und klopften Lilo anerkennend auf die Schulter.

„Aber dieser Neiko schreckt offenbar vor nichts zurück und ist wie ein Wilder hinter der Erbschaft her. Wir müssen Virginie noch heute besuchen und sie warnen. Ihr Bruder sieht zwar aus wie ein Regenwurm, ist aber gefährlich wie eine Kobra!“

RAMEN

Mit der Abendmaschine kam an diesem Tag ein sehr kräftiger, muskulöser Mann an. Seine besonderen Kennzeichen waren ein schlecht verheilter Nasenbeinbruch, tief liegende Augen, eine fliehende Stirn und ein breites, eckiges Kinn. An seinem Hals hingen drei breite Goldketten, an seinem Armgelenk klimperten Armreifen aus Platin. Der Mann trug alles, was er besaß, am liebsten bei sich. Banken und Sparkassen vertraute er nichts an.

Er fuhr sich mit den breiten, schaufelförmigen Händen mehrere Male über den Bürstenhaarschnitt und wischte sich den Schlaf aus den Augen. Er kam spät. Fünf Tage später als geplant, aber von seinem Bruder wusste er, dass ohne ihn nichts lief. In der

Tasche seines teuren Sakkos lag ein kleines Ding, das wie ein Klappmesser aussah, aber keines war. Neiko hatte bereits der dämlichen Virginie ihren Safeschlüssel abgenommen und nun mussten die Brüder nur noch durch zwei teilen.

Und nicht einmal das habe ich vor!, dachte der Mann, der niemand anderer als Ramen war. Der Grund seiner Verzögerung war ein Raubüberfall in Italien gewesen. Er hatte einige Damen in einer schmucken Villa um ihre Juwelen erleichtert. Der Plan zu diesem perfekten Verbrechen stammte von ihm und hatte natürlich von ihm persönlich in die Tat umgesetzt werden müssen. Ramen verließ sich nie auf andere. Erstens war das Risiko zu groß, zweitens hielt er nicht nur in der Erbangelegenheit nichts vom Teilen.

Er trat durch die Milchglastür und entdeckte sofort seinen Bruder in der Menschenmenge.

„Ramen, endlich!“, begrüßte Neiko ihn freudestrahlend. Er wollte ihn umarmen, aber Ramen schüttelte ihn ab wie eine lästige Fliege.

„Können wir noch heute zu dieser Bank fahren?“, fragte er.

Der Regenwurm winkte ab. „Nein, das ist leider nicht möglich. Die Bank hat schon geschlossen und

ATE 1
GAT

außerdem … also, die beiden anderen Schlüssel sind … tja, sie sind weg!“

Ramen bekam den Gesichtsausdruck eines bissigen Wachhundes, der im nächsten Moment zuschnappen würde. „Was???“

Neiko zog den Kopf ein. „Hör zu, es ist so: Wir müssen nur zu Marie-Louises Haus. Virginie hat ein paar Freunde, die hier Urlaub machen: An die müssen wir rankommen. Dann haben wir auch die beiden fehlenden Schlüssel.“

Ramen wollte keine Zeit verlieren und befahl Neiko, sie auf der Stelle zu Virginie zu fahren.

Es war bereits dunkel, als sie das schwarze Haus erreichten. Die Eingangstür war nicht abgeschlossen und so konnten sie ungehindert die hohe Halle mit der riesigen Treppe betreten. Aus dem Obergeschoss kamen die Klänge einer alten Orgel.

„Hallo … Virginie! Hier sind deine Brüder!“, rief Neiko. Eine Tür wurde geöffnet und eine Frau in Schwarz schwebte einige Stufen herab.

„Bringen Sie den Sarg?“, hauchte sie. „Er muss beerdigt werden!“

Ramen warf seinem Bruder einen fragenden Blick zu. „Wer ist die Irre?“

„Tante Marie-Louise“, erklärte Neiko.

Da die Frau keine Antwort erhielt, machte sie kehrt und verschwand in ihrem Zimmer.

„He, Virginie, wo steckst du? Wir sind es, Neiko und Ramen!", riefen die Brüder. „Wir müssen mit dir reden. Wegen Papas Vermächtnis!", fügte Ramen hinzu.

„Idiot!", zischte Neiko. „Sie weiß doch nicht, wozu die Schlüssel gut sind!"

In dem großen Wohnsalon im hinteren Teil des Erdgeschosses standen die vier Knickerbocker und Bolell, der sie hergefahren hatte, und wagten nicht einmal zu atmen. Virginie saß auf einem schwarzen Sofa und knetete nervös ein Taschentuch in ihren Händen.

„Was … was jetzt?", fragte sie leise.

„Die wollen nichts Gutes!", flüsterte Lilo.

„Und ich wäre dafür, sie mit ihren eigenen Waffen zu schlagen. Sie wollen dich austricksen, jetzt wirst du sie überlisten! Das ist die Gelegenheit! Wie oft sollen wir dir das noch erklären?", drängte Dominik.

Die Bande war seit einer Stunde bei Virginie und dort von Ramens Auftauchen überrascht worden.

Virginie hatte heftige Zweifel. „Nein … das kann ich nicht. Wie sollte ich das machen?"

Auf diese Frage wussten auch die Juniordetektive keine Antwort.

„Hör zu, Virginie“, sagte Axel, „deine Brüder wollen sich das Vermögen deines Vaters unter den Nagel reißen und dir nichts davon abgeben. Sie werden mit dir niemals gemeinsame Sache machen. Wenn du versuchst, den Tresor allein zu öffnen, kannst du noch immer mit deinen Geschwistern teilen. Aber nur auf diese Art wirst du zu deinem Anteil kommen.“

Das sah Virginie ein.

„He, Virginie! Wo steckst du?“ Die Stimmen ihrer Brüder klangen mehr als ungeduldig.

„Aber was meint ihr mit überlisten?“, fragte Virginie.

„Du musst den Schlüssel von Ramen bekommen“, riet Dominik.

Die Brüder hatten unterdessen beschlossen, nicht länger in der Halle herumzustehen, sondern ihre Schwester zu suchen. Mit schweren Schritten stapften sie über den schwarzen Holzboden.

„Versteckt euch in der Bibliothek nebenan!“, wisperte Virginie.

Die vier Knickerbocker und Bolell verschwanden durch eine schmale Tür.

„Ich bin hier!“, rief Virginie. „Hier … im Wohnzimmer!“

Bald hatten die Brüder den Salon gefunden. Es fand eine kurze, nicht gerade herzliche Begrüßung statt. Da die drei in ihrer Muttersprache Französisch redeten, musste Bolell alles übersetzen. Flüsternd teilte er den Knickerbockern mit, was die Brüder ihrer blinden Schwester erzählten.

„Sie fragen sie, wann ihr euch hier habt eingeschlichen … ihr seid Diebe, die Neiko Schlüssel haben gestohlen … auf dem Flugplatz … ihr arbeitet für einen großen Gauner … und habt auch geklaut Virginies Schlüssel …“ Bolell fuhr fort: „Sie sagen Virginie … dass sie soll euch herlocken … sie soll sagen, dass sie hat den dritten Schlüssel … die einzige Möglichkeit, heranzukommen an euch …“

Virginie antwortete auf Deutsch: „Schlüssel … ich weiß nichts von einem Schlüssel. Ich bekam nur eine leere Kassette als Andenken an Papa. Ramen, gib mir einmal deinen Schlüssel, ja …“ Sofort entschuldigte sie sich für ihre Sprachverwirrung und wiederholte das Gesagte auf Französisch.

Lilo stieß Axel mit dem Ellenbogen an. „Sie tut es. Sie holt sich den Schlüssel. Aber wie will sie es schaffen, ihn auch zu behalten?“

Bolell lauschte gespannt und teilte flüsternd mit: „Sie ihr den Schlüssel gegeben und Virginie tastet ihn ab."

Poppi beugte sich weit vor, presste den Mund fest gegen die Polsterung des Lehnstuhls und stieß einen langen Schrei aus. Der Rest der Bande bekam fast einen Herzinfarkt vor Schreck und starrte das jüngste Mitglied an: Hatte Poppi nicht mehr alle Tassen im Schrank?

„Oh, Tante Marie-Louise!", rief Virginie. „Ich muss ihr helfen!" Wieder sagte sie die Worte zuerst auf Deutsch und dann auf Französisch.

Poppi atmete hörbar auf. Genau das hatte sie beabsichtigt. Jetzt konnte Virginie nach oben laufen und sich dort verstecken. Sobald die Gauner den Salon verließen, würde der Weg für die Knickerbocker frei sein.

Als Axel, Lilo und Dominik erkannten, welchen schlauen Trick ihre Freundin angewendet hatte, nickten sie ihr anerkennend zu.

Allerdings hatten sie mit dem, was dann geschah, nicht gerechnet.

FALLE IN DER FINSTERNIS

Mit schnellen Schritten huschte Virginie in die Bibliothek. Die rechte Hand hatte sie zu einer festen Faust geballt, die sie stolz in die Höhe hielt. Mit der linken Hand ertastete sie sich den Weg.

„Nicht … sonst kommen sie dir nach!“, wisperte Lilo entsetzt.

„Hinter euch ist eine Tür. In der Bücherwand!“, flüsterte Virginie. Dominik drehte sich um und entdeckte sogleich den Knauf. Er packte ihn und eine schmale Tür schwang auf. „Raus!“, zischte Virginie und schubste die Bande durch die offene Geheimtür.

Die vier Knickerbocker, Bolell und die junge Frau standen nun in einem schmalen Gang.

„Tür zu!“, kommandierte Virginie und Poppi reagierte sofort.

„Die beiden werden gleich kommen und uns finden!“, jammerte Dominik. „Die sind ziemlich gefährlich, Virginie!“

Die Blinde lächelte kurz. „Nein, in diesem Haus kenne ich mich aus. Ich finde mich überall zurecht, ganz egal ob Licht brennt oder Finsternis herrscht. Deshalb müsst ihr nun alle Sicherungen herausschrauben. Es muss dunkel sein im Haus. Ich werde euch führen und uns wird nichts geschehen. Ramen und Neiko werden uns nicht in die Hände bekommen, das verspreche ich euch. Vertraut mir!“

Dominik verstand. Für Virginie war es immer dunkel, aber sie hatte gelernt, damit zu leben und sich im Haus sicher zu bewegen.

„Der Mann, der das Haus vor zweihundert Jahren erbauen ließ, hatte eine panische Angst vor Einbrechern, und deshalb sind in diesem Haus Fallen eingebaut – wie im Gartenhäuschen. Ich kenne alle und wir werden bestimmt in keine tappen. Drückt die Daumen, dass Neiko und Ramen uns auf den Leim gehen.“

Virginie erklärte Axel, dass sich der Sicherungskasten am Ende des Ganges befand, und er rannte auf Zehenspitzen los. Bolell hatte ein Ohr gegen die Bibliothekstür gelegt und meldete: „Die beiden werden langsam unruhig. Vor allem Ramen ist wütend, weil du den Schlüssel mitgenommen hast. Er will nachsehen, wo du bleibst!"

„Axel, Tempo!", trieb Lilo ihren Freund an.

„Das ist nicht so einfach", verteidigte er sich. „Der Sicherungskasten ist uralt und ich will keinen elektrischen Schlag abbekommen!"

Poppi, die durch ihre gute Idee von vorhin Mut gefasst hatte, schlich zu Axel und besah sich die Sache. Sie fand einen schwarzen Schalter und drehte daran. Beim dritten Versuch gab das Ding nach und das Licht über den Köpfen der Knickerbocker ging aus.

„Nimm doch einfach den Zentralschalter!", sagte Poppi lächelnd.

Gemeinsam mit Axel tastete sie sich an der Wand entlang zu Virginie und den anderen zurück.

„Und jetzt los, nehmt euch an den Händen und bildet eine Kette. Ich gehe voran und ihr folgt mir!", sagte die Blinde. Sie ließ den Safeschlüssel in die Tasche ihres Kleides gleiten und streckte den linken Arm aus. Lilo fasste sie an der Hand und der Zug setzte sich in Bewegung.

In der Villa herrschte absolute Finsternis. Selbst als sich ihre Augen daran gewöhnt hatten, konnten die Juniordetektive überhaupt nichts erkennen. Nirgendwo brannte ein Licht und auch draußen vor den Fenstern war es stockdunkel.

Ramen tobte. „Er sich sehnt nach einer Taschenlampe, aber Neiko hat keine!“, wisperte Bolell.

Virginie führte die fünf zu der geschwungenen Treppe und schlich nach oben. „Ganz außen gehen“, flüsterte Lilo. „Dann knarrt das Holz weniger!“

„Wo ist diese blöde Göre? Neiko, greif dir das Biest. Die hat uns reingelegt!“, schrie Ramen und torkelte hilflos durch die Dunkelheit.

Seine Schwester hingegen kam trotz der großen Gruppe, die sie anführte, schnell voran. Lilo bewunderte die Sicherheit, mit der Virginie sich bewegte. Jeder Schritt war ihr vertraut.

Die Juniordetektive hatten das Obergeschoss erreicht und die Blinde führte sie in einen Gang nach links. Dominik, der der Letzte in der Kette war, blieb dummerweise mit seinem Schuh an einer Stufe hängen und stolperte. Er ließ Poppis Hand los und stürzte.

„Oben – dort oben ist sie! Ich kann sie hören!“, brüllte Ramen und kroch auf allen vieren in Richtung Treppe. Er schaffte es auch, sie zu erreichen und sich am Geländer hochzuziehen.

„Schnell, komm!“ Poppi tastete nach Dominik und zerrte ihn hoch. Hinter ihnen polterte Ramen nach oben.

Virginie ging jetzt schneller und flüsterte Lilo zu: „Los, schnell. Hier an dieser Stelle, auf der wir gerade stehen, ist eine Falltür. Wenn deine Freunde darüber hinweg sind, kann ich sie auslösen, und Ramen ist gefangen!“

Die Knickerbocker-Bande und ihr mauritischer Begleiter hasteten über die Stelle im Boden, auf die Virginie aufmerksam gemacht hatte, und Lilo wisperte: „Es kann losgehen!“

Virginie tastete über die Wand auf der Suche nach einem Hebel. Plötzlich krachte es.

„Hat es hinter euch gequietscht?“, fragte Virginie. Lilo gab die Frage weiter und die anderen verneinten. „Dann ist die Falltür kaputt. Der Auslöser muss abgebrochen sein.“

Ramen hatte schwer atmend die obere Etage erreicht. Die Bande, Bolell und Virginie blieben wie versteinert stehen, damit er sie nicht hören konnte. Vielleicht entschied er sich für den rechten Teil des Ganges.

Ramen schlug gegen die Wände und Möbel.

„Er kommt!“, sagte Poppi um eine Spur zu laut. Ramen hatte sie gehört und stürzte vorwärts. Im Gang war es recht einfach, sich zurechtzufinden.

„Hilfeee!“, brüllte Dominik, der das Gefühl hatte, jeden Moment von Ramen geschnappt zu werden. Virginie bewies ungeheure Nervenstärke, stieß eine Zimmertür auf und zerrte ihre Freunde hinein. „Vorsicht, viele Möbel! Bleibt dicht hinter mir!“, warnte sie. „Und die Tür nicht schließen!“ Sie wollte nicht in diesem Raum bleiben und lief weiter.

Das blinde Mädchen packte zielsicher die Klinke einer anderen Tür, öffnete diese und trieb die Bande zur Eile an. „Schnell – in dieses Zimmer und diesmal Tür zu!“

Mittlerweile hatte sich auch Neiko die Treppe hinaufgekämpft und rief nach seinem Bruder, der sich in der Dunkelheit zusehends besser zurechtzufinden schien.

„Ich hoffe, die zweite Falle funktioniert!“, flüsterte Virginie.

Ramen klatschte mit seinen riesigen Händen die Gangwand entlang und entdeckte die offene Tür. Der Mann polterte in das Zimmer und schlug wild um sich.

„Los … noch einen Schritt", flehte Virginie. Ein lang gezogener Quietschton schallte durch die Dunkelheit, als würde jemand ein schweres Möbelstück verschieben. „Er ist gegen das Sofa gestoßen, das jedem, der sich in dem Raum nicht auskennt, den Weg versperrt", sagte Virginie und umfasste die kleine Bronzestatue eines Vogels, die auf einem Sockel stand. Mit beiden Händen drückte sie sie nach unten.

Ramen und Neiko, der Regenwurm, der seinen Bruder inzwischen eingeholt haben musste, jaulten auf. Die Schreie verhallten. Dann ertönte ein dumpfer Knall.

„Hat geklappt!", stellte Virginie zufrieden fest. „Zum ersten Mal bin ich dem Mann für die vielen Fallen dankbar, die er im Haus eingebaut hat. Ramen und Neiko sitzen fest."

Erleichtert atmeten die Knickerbocker auf. Sie zückten ihre Taschenlampen und leuchteten den Raum ab: Sie befanden sich in einem Arbeitszimmer. Auf dem Schreibtisch türmten sich Papiere und aufgeschlagene Bücher.

Lilo stutzte.

RÄTSELHAFT

„Virginie, ist das das Arbeitszimmer deines Onkels?“, erkundigte sich Lilo. „Ja, das ist es, warum?“ Lilo strich mit den Fingern über die Zettel und betrachtete nachdenklich die dicke graue Staubschicht, die auf ihrer Haut hängen geblieben war.

„Arbeitet er hier manchmal?“, wollte sie wissen.

„Ja, ich höre ihn von Zeit zu Zeit hier herumgehen. Aber wieso fragst du?“

Lilo wusste nicht, ob sie etwas sagen sollte, aber eines stand für sie fest: An diesem Schreibtisch hatte schon seit Jahren niemand mehr gearbeitet. Die Papiere waren Notizen und Aufzeichnungen, die alle ein Datum trugen, das siebzehn Jahre zurücklag.

„Los, wir müssen wieder zurück ins Hotel“, sagte

Axel, der einen Blick auf die Uhr geworfen hatte. „Wir haben jetzt den dritten Schlüssel, und morgen begleiten wir dich zur Bank, Virginie!“, versprach Dominik. Die junge Frau lächelte dankbar.

Die Bande trat durch eine Tür hinter dem Schreibtisch auf den Gang hinaus und Dominik richtete den Strahl seiner Taschenlampe in Richtung Treppe. Poppi schrie entsetzt auf. Dort stand der Regenwurm! Er hielt geblendet den Arm vor die Augen und taumelte los.

„Ich kriegen euch!“, keuchte er drohend.

„Virginie! Wie kommen wir hier weg? Geht der Gang vielleicht in die andere Richtung weiter?“, krächzte Lilo.

„Nein!“, erwiderte Virginie erschrocken. „Nein, geht er nicht.“

Jetzt rannte Neiko blindlings los, genau auf die Freunde und Virginie zu. Er trampelte wie ein Tölpel über den Holzboden und streckte gierig die Hände aus.

„Rein, ins Zimmer!“, schrie Lilo und drängte die anderen zurück. Ihr war klar, dass sie es kaum mehr schaffen würden, sich zurückzuziehen. Der Abstand zwischen dem Regenwurmmann und ihnen war bereits sehr klein.

Neiko lachte widerlich und … war plötzlich verschwunden.

Eine Sekunde später hörten die Juniordetektive einen Plumps und sein Stöhnen. „Was? Wie ist das möglich?", flüsterte Lilo.

„Die Falltür im Gang … Sie wird sich jetzt erst geöffnet haben!", meinte Virginie.

Die Knickerbocker leuchteten den Boden ab und stießen tatsächlich auf eine ungefähr ein mal ein Meter große Öffnung.

Virginie tastete sich zu den Resten eines abgebrochenen Kerzenleuchters an der Wand vor und begann daran zu hantieren. Knarrend schloss sich die alte Klapptür.

„Virginie, wieso verbringst du nicht die Nacht bei uns im Hotel?", fragte Lilo ihre neue Freundin.

„Das geht nicht. Ich kann doch nicht meine Tante und meinen Onkel mit Neiko und Ramen allein lassen", antwortete sie.

„Warum denn nicht? Die beiden können doch ihre Zellen im Keller nicht verlassen. Was soll denn geschehen?", erwiderte Axel.

„Na ja …!" Eigentlich gefiel Virginie der Gedanke. Sie wusste, dass sie bei den Knickerbockern in Sicherheit war, und danach sehnte sie sich.

„Wir werden sowieso gleich die Polizei verständigen. Bestimmt interessiert sie sich für deine Brüder“, sagte Dominik.

Virginie stimmte diesem Vorschlag schweren Herzens zu. In der Aufregung vergaß Dominik die Idee dann allerdings wieder …

„Aber ich muss mich bei Tante Marie-Louise und Onkel Pierre verabschieden!“, meinte Virginie. Lilo begleitete sie zu dem Zimmer, in dem sich die Tante tagsüber aufhielt.

Nachdem Axel wieder den Hauptschalter am Sicherungskasten betätigt hatte, flammten im ganzen Haus die Lichter auf.

„Tante Louise!“, rief Virginie, bekam aber keine Antwort. Das Mädchen steuerte auf einen bequemen Lehnstuhl mit hoher Rückenlehne zu und tastete ihn ab.

„Sie ist … sie ist nicht da!“, stellte sie völlig verwundert fest.

„Aha!“, sagte Lilo gedankenverloren. Sie hatte sich in dem Salon umgesehen und war dabei gleich von einem unbehaglichen Gefühl befallen worden. Während Virginie sich auf die Suche nach ihrer Tante machte, starrte sie lange auf ein großes Ölgemälde, das an der Wand gegenüber dem Lehnstuhl hing. Es zeigte ein modernes Schiff, das in der Nacht in Seenot geraten war und gerade sank. In einiger Entfernung war ein verlassener Küstenstreifen mit einem Leuchtturm erkennbar, in dem aber kein Licht brannte.

Das Schaurigste an dem Bild war das Gesicht eines Mannes, das zu einer gequälten Grimasse verzogen war. Es war durchscheinend und schwebte übergroß über dem Wasser. Der Mann war höchstens sechzig Jahre alt, hatte glatt frisiertes, schwarzes, glänzendes Haar und einen dichten Backenbart. Lilo konnte nicht verstehen, was das Bild zu bedeuten hatte.

Sie war neugierig geworden und sah sich weiter in dem Raum um. Schnell entdeckte sie ein Stehpult, auf dem ein aufgeschlagenes, dickes, altes, ledergebundenes Tagebuch lag. Die linke Seite war dicht beschrieben, die rechte Seite war leer. Lilo verstand die Zeilen leider nicht, da sie auf Französisch waren, sehr wohl fiel ihr aber das Datum der Eintragung auf. Es war dasselbe Datum, das sie auf den Papieren gesehen hatte, die auf dem Schreibtisch von Virginies Onkel lagen.

Lilo blätterte in dem Tagebuch zurück und stellte fest, dass auf jeder Seite dasselbe stand. Wer auch

immer dieses Tagebuch führte, schien seit Jahren immer ein und dieselben Zeilen mit demselben Datum einzutragen.

„Aber wozu sollte das gut sein?" Lilo vergaß ihre Skrupel und riss schnell eine der Seiten heraus. „Es ist ohnehin derselbe Text wie davor und danach", rechtfertigte sie sich vor sich selbst.

Virginie tauchte in der Tür auf und meldete besorgt: „Meine Tante scheint nicht im Haus zu sein. Mein Onkel rührt sich auch nicht. Aber er ist immer nur in seinem Schlafzimmer und verlässt es höchstens einmal im Monat, um sein Arbeitszimmer aufzusuchen."

„Vielleicht schläft deine Tante schon", vermutete Lilo. Virginie war dieser Gedanke auch schon gekommen. „Die Tür ist von innen abgeschlossen!"

Lilo legte der Blinden beruhigend die Hand auf den Arm. „Dann ist doch alles klar, oder? Sie will ihre Ruhe haben!"

Virginie atmete tief durch. „Lilo – da ist etwas, was ich noch niemandem sagen konnte: Ich mache mir große Sorgen um Tante Marie-Louise. Sie wird immer seltsamer und seltsamer. Sie spricht kaum ein Wort, und sie scheint sich auch vor ihrem Mann zu verstecken. Ich weiß nicht, was ich machen soll.

Ich habe keine Freunde ...!“ Virginie begann leise zu weinen.

„Jetzt schon und wir werden dir helfen. Bei allem werden wir dir helfen!“, versprach das Oberhaupt der Knickerbocker-Bande.

Lilo war von Anfang an klar gewesen, dass mit Tante Marie-Louise etwas nicht stimmte. Sie würden in dieser Sache etwas unternehmen, gleich morgen, nachdem sie mit Virginie den Safe geöffnet hatten.

Was wohl drinnen lag? Was hatte der Vater seinen Kindern hinterlassen?

Virginies Enttäuschung

Poppis Eltern unternahmen am nächsten Tag einen Ausflug. Sie wollten *Pamplemousses Garden*, eine der schönsten Gartenanlagen der Welt, besichtigen. Fast alle Gewürze, die bei uns in Säckchen und Fläschchen verkauft werden, wuchsen dort auf Bäumen, an Sträuchern und Stauden. Es gab riesige Seerosen, Lotusblumen, Weihrauchbäume und Palmen, aus deren hohlen Stämmen man Trommeln baute. So interessant der Ausflug auch klang, die Bande hatte Wichtigeres zu tun und kam nicht mit.

Bolell spielte wieder den Fahrer und hatte mittlerweile einen größeren Wagen organisiert. Die Knickerbocker und Virginie hätten in seiner Rostschüssel keinen Platz gehabt. Die junge Frau hatte versprochen, ihn später für alle Mühen zu entlohnen.

Die Reise führte die sechs Freunde nach Port Louis, einer Hafenstadt.

Auf dieser Fahrt lernten die Juniordetektive auch das andere Mauritius kennen. Die Ortschaften, in denen die Einheimischen wohnten, waren einfach und nicht immer sehr sauber. Die Häuser unterschieden sich sehr von den Prachtbauten der Hotelanlagen. Sie waren klein und ärmlich. Die Menschen machten allerdings trotzdem einen fröhlichen Eindruck.

In Port Louis herrschte reges Treiben.

„Heute Markt in den Hallen“, erklärte Bolell und zeigte auf eine lang gestreckte Häusergruppe, in der die verschiedensten Sorten Obst und Gemüse zum Verkauf angeboten wurden.

Die Bank, in der sich der Safe befand, lag genau gegenüber den Markthallen.

Fast ein bisschen ehrfürchtig betraten die sechs Freunde den Eingangsbereich, dessen Wände mit weißen und schwarzen Marmorfliesen getäfelt waren. Die Knickerbocker hatten Virginie in ihre Mitte genommen, Bolell folgte in einigem Abstand.

Die Bande führte die Blinde zu einem Schalter,

hinter dem ein Mauritier mit silbergrauem Haar stand. Zuvorkommend lächelte der Mann die kleine Gruppe an, die sich vor der Theke aufgestellt hatte. Virginie begann langsam und stockend zu reden, während Lilo die drei Schlüssel hervorholte. Zur Sicherheit hatte sie sie die ganze Fahrt über in ihrer Socke aufbewahrt. Der Schalterbeamte verzog keine Miene.

Er nickte immer wieder und legte Virginie ein Formular vor. Sie unterschrieb und sagte: „Ich kann den Safe auch allein öffnen, ohne meine Brüder. Es gibt nichts dagegen einzuwenden. Aber bitte … bitte begleitet mich!"

Die Knickerbocker fühlten sich sehr geehrt und gingen hinter dem Bankangestellten durch eine kleine Schwingtür. Lilo hatte Virginie am Arm genommen und führte sie.

Der Mann gab Virginies Freunden ein Zeichen, ihm nach unten in den Keller der Bank zu folgen. Dort schloss er ein schweres Stahlgitter auf, das aus dicken Stangen bestand. Dahinter befand sich die Tür zum Tresorraum, die er mithilfe zweier Schlüssel und einer Nummernkombination öffnete. Bevor er sie aufziehen konnte, musste noch ein Kollege herunterkommen, der einen Zusatzschlüssel mitbrachte. Sicherheit war hier wirklich oberstes Gebot.

Endlich war es so weit. Der Mann zog an dem runden, steuerradförmigen Griff und die Metalltür schwenkte auf.

„Wahnsinn! Ist die dick!", staunte Axel. Die Tür hatte bestimmt eine Stärke von fünfzig Zentimetern. An der Seite waren mächtige Bolzen zu sehen, die sich in den Türrahmen schoben, wenn der Tresor geschlossen wurde.

Der Mann bat Virginie und ihre Freunde weiter und sie gelangten in einen klimatisierten Raum, dessen Wände aus vielen einzelnen Fächern bestanden. Der Bankbeamte suchte das Fach mit der Nummer 009995 und deutete auf einen länglichen Schlitz in der Mitte. Dorthinein steckte er nebeneinander die silbrigen Teile der Schlüssel, an deren Spitzen Magnete befestigt waren. Er schob sie alle ein wenig nach rechts, es klickte und – die Tür des Safefaches sprang auf.

Im Safe befand sich eine Metallschatulle, die der Mann heraushob und auf ein Tischchen stellte. Er sagte etwas zu Virginie und Bolell übersetzte: „Wir sollen ihn rufen, wenn wir fertig sind."

Gespannt traten die Knickerbocker zu dem Tisch

und beschrieben der Blinden, was vor ihr stand. Virginie betastete die Kassette und erreichte die Stelle, an der man sie öffnen konnte. Sie hob den Deckel und ließ die Hände in das Innere gleiten.

Hier lag ein an Virginie, Neiko und Ramen adressiertes Kuvert. Die Schrift wirkte kunstvoll verschlungen, der Absender war mit Tinte geschrieben. Dominik, der alles immer sehr genau unter die Lupe nahm, konnte jedoch nur die Namen und keine Anschrift erkennen. Dafür klebten drei Briefmarken in der rechten oberen Ecke.

Bolell öffnete den Brief, steckte den Umschlag in die Tasche und las vor. An Virginies Gesichtsausdruck war zu erkennen, dass er sehr erstaunliche Neuigkeiten enthielt. Dann übersetzte Virginie ihren Freunden das Schreiben Satz für Satz.

„Meine Kinder! Wenn ihr diesen Brief in den Händen haltet, so weile ich nicht mehr unter euch. Ich habe vor vielen Jahren, als wir diese Insel verließen, eine Entdeckung gemacht, die eure Zukunft verändern wird.

Eine Meile vor der Küste habe ich einen Tresor im Meer versenken lassen. Die Position solltet ihr leicht finden. Merkt euch: Kimme und Korn sind vorn und eine Meile entfernt. Der Tresor wird von mehreren Teufelsrochen bewacht, die eine Züchtung eures Onkels Pierre sind. Die Tiere entfernen sich nie von dem Panzerschrank, da sich in seinem Inneren ein Gerät befindet, das bestimmte Schwingungen erzeugt, die die Rochen ständig in der Nähe halten.

In der Schatulle, die vor euch liegt, findet ihr zwei wichtige Dinge: eine Fernsteuerung, mit der ihr das Gerät im Tresor abschalten könnt, und einen Unterwasser-Roboter, der die Teufelsrochen fortlocken und an einen sicheren Ort bringen wird.

Erst dann könnt ihr den Tresor unter Wasser öffnen. Der Zifferncode lautet 3-3-3.

Nur wer nicht von Gier getrieben wird und begreift, was Erinnerung an einen geliebten Menschen bedeutet, wird in den Genuss dessen kommen, was ich euch hinterlassen habe. Für jeden etwas oder alles für den, der wirklich versteht!

Euer Vater, der jedem von euch einen schönen, erfolgreichen Lebensweg wünscht.

Auch wenn ihr strauchelt, habt ihr die Möglichkeit, euch wieder aufzurichten.“

Genauso schwung- und kunstvoll wie die Handschrift, mit der die Zeilen geschrieben waren, sah auch die Unterschrift von Virginies Vater aus. Darunter gab es noch einen Lageplan des Riffs und einige Hinweise auf den Ort.

Virginie hatte jetzt Tränen in den Augen und schluckte.

„Was soll ich tun? Ich werde es nie schaffen, einen Tresor zu heben … Vater hat alles meinen Brüdern bestimmt, das wird mir jetzt klar. Ihm ist nur wichtig gewesen, dass sie wieder festen Fuß fassen und von ihren bösen Vorhaben ablassen. Und ich gehe leer aus!“ Virginie heulte vor Wut.

„Hey, ganz ruhig. Wir werden dir helfen!“, versprach Axel. „Wir machen das schon. Du hast uns, vergiss das nicht! Echte Knickerbocker lassen niemals locker!“ Der Junge holte die kleine Fernsteuerung aus der Schatulle und Dominik kümmerte sich um den Unterwasser-Roboter, der die Größe und die Form einer Wassermelone hatte. Mehrere Düsen und Nieten ragten aus der glatten Oberfläche.

Lilo rief den Beamten und bald darauf verließen die Knickerbocker mit ihrem blinden Schützling und Bolell die Bank. Auf der Straße wurden sie bereits erwartet …

HALTET DIE DIEBE!

Virginie hielt den Brief ihres Vaters an sich gepresst und sagte zu Lilo: „Ich war vorhin ungerecht. Papa hat es sicher nicht so gemeint. Er war ein besonders guter Mensch. Diesen Brief bewahre ich auf. Er hat ihn selbst geschrieben, mit seiner eigenen Hand. Er wird mich immer an ihn erinnern."

Lilo lächelte und drückte Virginie zustimmend den Arm.

Keiner der Freunde bemerkte die beiden Gestalten, die hinter einem Kastenwagen gewartet hatten. Als die Bande, Virginie und Bolell die Straße erreichten, auf der ein Auto nach dem anderen an ihnen vorbeizischte, lösten sich die Männer aus dem Schatten des Wagens und stürmten los. Sie entrissen Axel und Dominik die Fernsteuerung und den Unterwasser-Roboter und Virginie den Brief. Dann schlängelten sie sich durch den Verkehr und steuerten auf die Markthallen zu.

„Neiko und Ramen!", schrie Axel und nahm die Verfolgung auf. Neben ihm quietschten Reifen, der Junge sprang nach vorn und spürte, wie knapp hinter ihm ein Auto zum Stehen kam. Um ein Haar wäre er überfahren worden! Der Fahrer schimpfte aus dem offenen Fenster, Lilo brüllte auf ihn ein, und mehrere Leute begannen wild zu hupen. Vor Axel begann sich plötzlich alles zu drehen, aber sein einziger Gedanke war: Ich muss weiter! Ich muss die beiden einholen. Sie dürfen nicht entwischen. Nein, sie dürfen nicht abhauen. Axel rannte blindlings weiter, abermals quietschten Bremsen, Blech krachte, als ein Wagen gegen einen anderen schlitterte, das Gebrüll schwoll an. Fußgänger wurden auf den Tumult aufmerksam und stellten sich Axel in den Weg, der wie ein Geschoss dahinflitzte.

„Nicht mich aufhalten, die Typen da vorne!", schrie er.

Neiko und Ramen stürmten in die Markthalle, in der das Getümmel noch dichter war. Axel hatte ein gutes Stück aufgeholt, denn im Sprinten war er einsame Klasse. Er sah die Brüder, die sich rücksichtslos zwischen den Ständen einen Weg bahnten, und raste ihnen nach.

Immer wieder stieg Axel auf eine umgedrehte Kiste oder sprang an einer der Stützen der Halle empor, um Ausschau zu halten. Ramen und Neiko bemerkten ihn und umrundeten einen Tisch, auf dem sich eine Pyramide aus Tomaten türmte. Als Axel sich näherte, wuchteten sie die Tischplatte in die Höhe und die roten Früchte flogen ihm ins Gesicht. Er wollte weiter, doch er zerquetschte das Gemüse mit seinen Sportschuhen. Es bildete sich ein glitschiger Teppich und er rutschte aus. Der Standbesitzer packte ihn, als ob er etwas dafür könnte. Axel riss sich jedoch schnell los und kämpfte sich entschlossen voran.

„Haltet die Diebe … haltet sie!“, schrie er. Neiko packte mehrere Melonen und schleuderte sie Axel entgegen. Eine traf den Knickerbocker am Bein, die zweite an der Schulter. Er stöhnte auf, wurde aber trotzdem nicht langsamer.

Ramen bewarf Axel mit Litschis.

Die Obst- und Gemüsehalle war zu Ende und sie erreichten den Fischmarkt. Dort schaufelte Ramen mit seinen riesigen Händen Seeigel aus einer Kiste und warf sie mit aller Wucht auf Axel. Dieser reagierte blitzschnell und zog sich den Schirm seiner Kappe über die Augen. Die Seeigel trafen ihn und stachen wie Hunderte Nadeln. Zum Glück blieben die Stacheln aber nicht hängen.

Mittlerweile war der ganze Markt von dem Tumult erfasst. Die Händler fluchten und kreischten und schlugen nach Ramen und Neiko. Sie wollten Axel fassen, aber er entkam ihnen.

Peng! Nun war er gegen den dicken Bauch eines riesigen Mannes geprallt, der ihn mit nur einer Hand packte und in die Höhe hob.

„Nicht!“, schrie Axel und versuchte, sich freizustrampeln. Er sah Neiko und Ramen gerade noch, wie sie sich zwischen den letzten Ständen ins Freie zwängten.

Axel zappelte so wild, dass der Mann immer wütender wurde. Da er keinen anderen Ausweg mehr wusste, biss er den Fischhändler mit aller Kraft in die rechte Hand, mit der dieser nach seinen Armen griff. Der Mann schrie auf und ließ ihn fallen. Auf allen vieren krabbelte Axel davon und rannte in die Richtung, in die Neiko und Ramen verschwunden waren. Er stürzte aus der Halle und atmete auf.

Drei Polizisten hatten die Gauner gestellt, für die

es kein Entrinnen mehr gab. Sie mussten ihre Ausweise zeigen. Kurze Zeit später trafen auch Bolell, Virginie und der Rest der Bande ein. Die Blinde erklärte den Polizisten, was geschehen war, und die Beamten notierten alles.

Am frühen Nachmittag saßen die Juniordetektive, Virginie und Bolell auf dem Balkon des Mädchenzimmers und beratschlagten, was geschehen sollte.

„Ramen wird von Interpol gesucht. Er muss mehrere Raubüberfälle begangen haben“, erzählte Virginie. „Und Neiko … Ich habe ihn anzeigen müssen, weil er mich bestohlen hat … Dabei ist er mein Bruder“, seufzte sie. Die ganze Sache war nicht leicht für sie.

„Du, Virginie – da ist noch etwas“, begann Lilo. „Es wird dich wahrscheinlich erschrecken. Vielleicht sollte ich es dir jetzt gar nicht erzählen.“ Doch die Neugier Virginies war geweckt.

Lilo berichtete von den Entdeckungen, die sie in der Villa gemacht hatte. „Ich glaube, wir wüssten mehr, wenn wir diese Tagebucheintragung übersetzen würden“, meinte Lilo. Virginie holte tief Luft und stimmte zu.

Jetzt begann eine schwierige Aufgabe, denn keiner der Knickerbocker sprach wirklich Französisch und auch Bolell konnte diese Schrift nur schlecht entziffern. Wort für Wort lasen sie Virginie vor und oft mussten sie buchstabieren, damit die junge Frau den Sinn verstand.

DER STURM

Die Übersetzung der Tagebuchaufzeichnungen lautete folgendermaßen:

„Pierre fuhr los, um mehrere Haie zu fangen, die wir für unsere neuen Versuche benötigten. Wir wollten feststellen, ob auch diese Fische von den Schallwellen, die er entdeckt hatte, zum Angreifen gebracht werden konnten. Killerfische auf Knopfdruck – eine Waffe, die in einem Seekrieg nicht zu verachten ist.

Er wollte am Abend zurück sein und ich erwartete seine Ankunft auf dem Hügel über unserem Laboratorium. Doch bei Einbruch der Dunkelheit zog ein Sturm auf, vor dem die Küstenwache nicht gewarnt hatte. Das Licht im Leuchtturm brannte nicht, weil es wieder einmal nicht gewartet worden war.

Ich sah nur noch die rote Leuchtkugel, die anzeigte, dass Pierres Schiff in Seenot war, doch die Küstenwache konnte ihm aufgrund des hohen Seegangs nicht zu Hilfe kommen.

Ich wartete die ganze Nacht, bis der Tag anbrach. Der Sturm hatte sich gelegt, das Meer war glatt und grün, das Schiff mit Pierre nicht mehr zu sehen.

Wenige Stunden später erfuhr ich die schreckliche Wahrheit: Das Schiff hatte durch den Ausfall des Leuchtturmlichts die Orientierung verloren, war auf das Riff aufgelaufen und gesunken. Pierre und die übrigen drei Männer an Bord sind tot! Einfach tot, durch die Fahrlässigkeit und Gedankenlosigkeit verantwortungsloser Menschen!

Pierre, mein Pierre, ich werde dich immer lieben. Pierre, warum musste ich dich verlieren? Pierre, was wird jetzt aus mir? Pierre, mein geliebter Pierre!“

Die sechs Freunde waren von dem Tagebucheintrag zutiefst erschüttert. Jetzt konnten sie sich auch den schwarzen Anstrich des Hauses erklären. Es wurde ihnen klar, warum Tante Louise immer nach dem Sarg fragte. Der Leichnam ihres Mannes war vom Meer fortgetragen worden. Sie schien das Unglück nicht verkraftet zu haben und geistig völlig verwirrt zu sein.

„Aber wer ist der Mann, der ab und zu durch das Haus geht? Er spricht kaum ein Wort, hüstelt nur und brummt vor sich hin. Wer ist das?“, fragte sich Virginie nachdenklich. „Und wohin ist Tante Marie-Louise verschwunden? Wieso ist sie nicht mehr im Haus? Sie war zwar schon einige Male länger fort, um Besuche zu machen …“

Die Knickerbocker schwiegen betroffen. Sie hätten Virginies Fragen gerne beantwortet, tappten aber selbst im Dunkeln. Sie wussten nur, warum Virginies Onkel und Tante in ein so abgesichertes Haus eingezogen waren. Ihre Experimente mussten für einige Leute äußerst interessant sein.

„Ich muss zurück! Ich muss unbedingt zurück nach Hause!“, beschloss Virginie. Sie ließ sich von dieser Idee nicht abbringen. Bolell war bereit, sie zur schwarzen Villa zurückzubringen.

Unter der großen Glaskuppel an der Küste lief der Mann noch schneller auf und ab als gewöhnlich. Wo blieben die Teufelsrochen? Er hatte eine kurze Bootsfahrt zum Riff unternommen und festgestellt, dass der Tresor noch immer auf dem Meeresgrund lag. Das Wasser war an dieser Stelle höchstens fünf Meter tief und so klar, dass man von oben den Sandboden sehen konnte.

Der Mann wollte nicht mehr warten. Der Tresor war ihm gleich, seine Vorbereitungen waren so gut wie abgeschlossen. Jeden Tag waren Dutzende Flugzeuge über die Kuppel gezogen und hatten noch mehr Urlauber gebracht. Der morgige Tag war der erste eines neuen Jahres und sollte für alle, die sich ins Wasser begaben, unvergesslich werden. Der Mann rieb sich die Hände. Die Menschen taten ihm leid. Sie konnten nichts dafür, würden aber trotzdem schrecklich leiden müssen.

Eigentlich wollte er sich an jemand anderem rächen. An jemand ganz anderem! Der Tag der Abrechnung war gekommen, das stand fest …

Der Mann öffnete die dicke Stahltür, die durch sieben Schlösser verriegelt war, und betrat den riesigen Raum, der dahinterlag. In den Boden waren zehn Aquarien eingelassen, die alle die Größe eines Swimmingpools hatten. In ihnen tummelten sich Haie, Kraken und Muränen, Riesenquallen, Zitterrochen, Hunderte Piranhas und Wasserschlangen. Jedes Tier war mindestens viermal so groß wie seine frei lebenden Artgenossen. Und alle waren an ganz bestimmte Schallwellen und Töne gewöhnt worden, die sie entweder friedlich stimmten oder in Killerbestien verwandeln konnten. Wie abgerichtete Hunde folgten sie dem Kommando der Ultraschallsignale.

Es waren tausende Tiere, die hier auf ihren Einsatz warteten. Gezüchtet und trainiert in jahrelanger Arbeit. Genug, um die Strände der Insel in Angst und Schrecken zu versetzen und blutige Katastrophen zu verursachen.

Niemand hatte bemerkt, dass der Mann im Lauf der Jahre überall Bojen im Meer versenkt hatte. Über eine Fernsteuerung war es ihm möglich, Schallwellen in ihnen auszulösen, die seine Züchtungen anlockten und zum Angriff trieben. Und genau das wollte er am nächsten Tag tun.

Der Mann trat zu einer Schalttafel, auf der die Bojen und deren Positionen eingetragen waren. Liebevoll strich er darüber und brach in teuflisches Gelächter aus. Endlich … endlich war der Tag der Rache da!

Pünktlich um zehn Uhr wollte er seinen schwimmenden Monstern den Befehl zum Angriff geben. Spätestens gegen Mittag würden sie die wichtigsten Badeplätze der Insel erreicht haben und dann würde sich das Wasser nach und nach rot verfärben. Blutrot …

In dem Haus, in dem Virginie lebte, gab es kein Telefon, und so konnten die Juniordetektive auch nicht in Erfahrung bringen, was mit Tante Marie-Louise geschehen war.

Auch Bolell wusste nichts. Er hatte Virginie bis zur Haustür begleitet, wo sie sich von ihm verabschiedet hatte. Sie wollte unbedingt allein sein und die Angelegenheit ohne Hilfe regeln.

„Das hat mir leidgetan von Herzen sehr!“, erzählte der Mauritier. „Ich mag Virginie gar sehr gut leiden!“

„Ich glaube, das war alles sehr viel für sie. Wir lassen sie am besten ein bisschen in Ruhe und besuchen sie erst später wieder. Vielleicht können wir ihr dann sogar gute Neuigkeiten bringen“, meinte Lilo. Sie dachte dabei an den Inhalt des Tresors, den sie heben wollten.

Bolell erwies sich als großartiger Führer und Helfer. Er besorgte ein Boot, das zwar nicht besonders schnell, dafür aber groß war. Gemeinsam tuckerte er mit den Juniordetektiven zu der Stelle vor der

Küste, die Virginies Vater in seinem Brief angegeben und beschrieben hatte.

„He, da war doch noch so ein eigenartiger Hinweis!“, erinnerte sich Dominik. „Wenn ich mich recht entsinne, lautete er: Kimme und Korn sind vorn und eine Meile entfernt. Ich weiß allerdings nicht, was das bedeuten könnte.“

Bolell fuhr am Ufer entlang und betrachtete prüfend den weißen Strand, die Palmen, die sich dahinter erhoben, und die Felsen, die da und dort aus dem Meer ragten.

Die Fahrt dauerte über drei Stunden. Die Sonne brannte unerbittlich auf die Abenteurer herab. Zum Glück hatten sie sich gut eingecremt und mit Sonnenhüten und T-Shirts ausgerüstet.

„So … laut Plan sollten wir erreichen die Stelle bald, von der in dem Brief war die Rede“, kündigte Bolell schließlich an.

„Aber was heißt da Kimme und Korn?“, fragte Dominik wieder. Axel erklärte es ihm: „Kimme und Korn sind Teile der Zielvorrichtung verschiedener Waffen. Korn ist eine Art Stachel vorne auf dem Lauf der Waffe. Kimme ist ein Stück Metall mit einer Einkerbung, das am hinteren Ende befestigt ist. Wenn du zielst, dann musst du so durch die

Einkerbung der Kimme schauen, dass sich das Korn genau in der Mitte befindet. Nur dann triffst du ins Schwarze."

Dominik nickte, verstand aber nicht, was das mit dem Tresor zu tun haben könnte.

Die vier Juniordetektive ließen ihre Blicke über die Felsen schweifen.

Plötzlich meldete Axel: „Ich hab's entdeckt!"

AM RIFF

Aufgeregt zeigte er zu einem riesigen Felsen am Strand, der in der Mitte gespalten war. Er sah tatsächlich wie eine Kimme aus. Bolell setzte mit dem Boot ein Stück zurück. Nun wurde durch den Spalt ein zweiter, länglicher Felsen sichtbar, der wie ein einzelner Zahn aus dem Sand ragte. Das musste das Korn sein.

Die Schatzsucher hatten nun darauf zu achten, dass das Korn genau in der Kimme lag, und mussten dann nur noch in gerader Linie eine Meile auf das Meer hinausfahren.

Während Dominik Kimme und Korn im Auge behielt und Bolell Motor und Steuerruder bediente, kauerte der Rest der Bande am Rand des Bootes und starrte in das klare Wasser. Das Schiff hatte keinen Kilometerzähler und deshalb konnten sie die Entfernung zum Strand nur schätzen.

Axel hob erschrocken den Kopf. Knapp unter der Wasseroberfläche war ein riesiger schwarzer Rochen vorbeigeschwommen.

„Ich sehe ihn! Ich sehe den Tresor!“, meldete Poppi und schnellte in die Höhe. Hier wimmelte es von schwarzen Rochen, die wie riesige Tücher durch das Meer glitten.

„Ich möchte wissen, ob die Tiere wirklich gefährlich sind. Ich halte das nämlich für ein Märchen, das Virginies Vater erfunden hat!“, meinte sie. Sie holte aus ihrem Rucksack ein Plastiksäckchen hervor, das mit blutigem Fleisch gefüllt war, und warf einen Brocken über Bord. Sie musste nicht lange warten. Ein schwarzes Dreieck durchbrach die Wasseroberfläche, packte das Fleisch, beutelte es wie ein Raubtier und verschlang es.

Lilo nahm die Fernsteuerung zur Hand und drückte den einzigen Knopf. Ein lang gezogener hoher Ton war zu hören.

„Ein Kontrollsignal, das anzeigt, dass das Ding überhaupt funktioniert!“, erklärte Axel, der sich mit technischen Sachen auskannte.

Die vier Mitglieder der Bande beugten sich über den Bootsrand, um zu sehen, wie die Rochen reagierten. Nach wie vor peitschten sie mit ihren riesigen Flossen wie mit Flügeln das Wasser und umrundeten den Tresor.

„Das Ding ist kaputt!", vermutete Axel. „Wir können die ganze Sache abblasen. Hat keinen Sinn. Lebensgefährlich! Die Biester schwimmen nicht einfach so weg!"

„He, jetzt warte doch mal!", meinte Lilo und nahm den Schwimmroboter. Sie drehte die Kugel in den Händen und suchte nach dem Knopf, der ihr schon am Vortag aufgefallen war. Er war das einzige bewegliche Teil an dem Gerät und musste zum Starten dienen. Das Superhirn fand ihn, drehte daran und der Unterwasser-Roboter begann leise zu surren. Die Energie schien er über die Solarzellen zu beziehen, aus denen seine Oberfläche bestand.

Lilo ließ ihn ins Wasser gleiten, vermied es aber, die Hände ins Meer zu tauchen. Sie hatte keine Lust, von einem der Teufelsrochen gebissen zu werden.

Der Roboter trieb wie ein zu schwerer Wasserball nur knapp unter der Wasseroberfläche, drehte sich mehrere Male im Kreis und begann dann nach Süden zu schwimmen. Staunend verfolgten die Juniordetektive das faszinierende Schauspiel.

Die schwarzen Rochen kamen von allen Seiten aus dem Riff hervorgeschwommen und folgten dem schwimmenden Roboter wie Ratten einem Rattenfänger.

„Möchte wissen, wo die jetzt hinschwimmen", murmelte Axel.

Lilo kam plötzlich ein schrecklicher Gedanke. „Ich … ich habe einen Verdacht, aber da ist so vieles, das ich mir nicht erklären kann. Die Rochen gehören angeblich diesem Onkel Pierre. Doch das verrückte Vermächtnis wurde erst nach dem Tod von Virginies Vater vor drei Jahren in die Tat umgesetzt – von seinem Anwalt. Aber zu diesem Zeitpunkt war Pierre bereits lange tot. Wieso wusste Virginies Vater nichts davon und wer leitet die Forschungsstation jetzt?"

„Vergiss es", sagte Axel. „Hauptsache, die Biester sind weg und wir können endlich an den Tresor. Das Wasser ist rein, wir können tauchen."

Er zwängte sich in einen Taucheranzug mit kurzen Ärmeln und kurzen Hosenbeinen und streifte seine Schwimmflossen über, mit denen er in kurzer Zeit große Strecken zurücklegen konnte. Bolell hatte für alles gesorgt: Taucherbrille und Pressluftflasche, alles Notwendige war an Bord, und eine vollständige zweite Ausrüstung lag für Lilo bereit.

Wenige Minuten später ließen sich Lilo und Axel rücklings ins Wasser fallen und hielten dabei ihre Tauchermasken mit beiden Händen fest. Das warme Wasser umhüllte sie wie Samt. Mit gleichmäßigen Flossenschlägen bewegten sich die zwei auf den Meeresboden zu.

Zwischen Korallenstöcken und Felsen lugte ein alter Panzerschrank hervor. Lilo und Axel spürten, wie ihre Aufregung wuchs.

Nur noch zwei Meter, dann waren sie am Ziel. Die Juniordetektive bebten vor Anspannung.

Etwas verwundert betrachtete Axel das altmodische Rad an der Tür, mit dem die Verschlussbolzen bewegt werden konnten. Er fand eine kleine Scheibe mit Zahlen darauf und stellte sie auf die Ziffer 3 ein. Danach drehte er sie, bis er wieder die 3 erreichte. Er wiederholte den Vorgang und ergriff dann mit zitternden Fingern das Rad. Es sah fast genauso aus wie das an der Tresortür der Bank.

Zufrieden stellte Axel fest, dass sich die Tür öffnen ließ. Er zog und zerrte und schaffte es schließlich, sie aufzubekommen. Lilo starrte mit großen

Augen in das Innere des Panzerschrankes. Riesige Luftblasen quollen heraus und eine Glasflasche sauste an die Oberfläche.

Nachdem sich die Blasen verzogen hatten, inspizierten die Knickerbocker den Safe und trauten ihren Augen nicht. Er war leer, absolut leer.

Sollte sich der Schatz in der Flasche befinden? Eine Flaschenpost vielleicht?

Die beiden beschlossen, wieder aufzutauchen und wandten sich vom Tresor ab. Die gleißende Sonne warf ihre Strahlen ins Meer und beleuchtete es besser als jeder Scheinwerfer. Selbst hier unten in einigen Metern Tiefe war es so hell, dass man alles gut erkennen konnte.

Umso größer war der Schreck, der den beiden durch alle Glieder fuhr, als sie sahen, was auf sie zusteuerte.

WER IST IN DER FORSCHUNGSSTATION?

Es war ein riesiger graubrauner Krake! Jeder seiner acht Arme war mindestens fünf Meter lang und mit zahlreichen gelblichen Saugnäpfen besetzt. Der Krake streckte die Arme immer wieder gleichzeitig nach hinten und bewegte sich auf diese Weise ruckartig vorwärts. Lilo deutete mit dem Daumen nach oben und begann in Panik wie wild mit den Flossen zu schlagen.

Auftauchen, raus aus dem Wasser, sofort!

Axel folgte seiner Freundin so schnell er konnte. Durch das Schlagen der Flossen aufmerksam geworden, holte der Krake aus und versuchte, die Beute zu erwischen.

„Aaaaaa!" Lilo schrie auf und verlor dabei das

Mundstück des Atemgeräts. Ein schleimiger Arm war vor ihr durch das Wasser geschnellt, hatte ihren Bauch berührt und den Taucheranzug aufgerissen. Ein blutiger Kratzer zog sich über die Haut.

Sie schlug um sich und kämpfte sich nach oben. Alles begann sich zu drehen, und als sie den Kopf neigte, bemerkte sie entsetzt, dass sich der Krake direkt unter ihnen befand. Sie sah das schnabelförmige Maul, das gierig auf und zu schnappte. Mehrere Arme zuckten nach oben und peitschten durch das Wasser.

Geschafft! Lilo und Axel tauchten mit schreckverzerrten Gesichtern auf und brüllten um Hilfe. „Zieht uns raus … schnell! Krake!"

Poppi und Dominik lachten. Sie hielten es für einen Witz.

Aber da sauste schon einer der braunen Arme über die Wellen und klatschte zurück ins Meer. Sofort streckten Poppi und Dominik die Hände aus und zerrten ihre Freunde an Bord. Axel war schon fast im Boot, als er wieder abrutschte und zurück ins Wasser fiel. Seine Fußsohlen schlugen auf einer kalten, harten Oberfläche auf. Er musste direkt auf dem Körper des Kraken gelandet sein. Er strampelte verzweifelt. Bolell packte ihn an den Haaren und am Taucheranzug und bot alle seine Kräfte auf. Axel purzelte, Kopf voran, in den Kahn und blieb regungslos liegen.

In der nächsten Sekunde reckten sich gleich zwei Fangarme suchend nach oben. Erst als sie nichts zu fassen bekamen, versanken sie wieder im Meer. Der mauritische Begleiter der Knickerbocker ließ den Motor an und gab Vollgas.

„Das kann nicht wahr sein. Das kann es nicht geben!“, jammerte Bolell. Poppi hob den Kopf und folgte seinem Blick über das Wasser. Erschrocken ging sie sofort wieder in Deckung. An den Wänden des Motorboots schossen Muränen vorbei, deren schlangenförmige Körper den Durchmesser eines Telegrafenmastes hatten. Die Mäuler, die so groß wie die von Krokodilen waren, hatten sie weit aufgerissen.

Ihnen folgte eine Heerschar von Quallen, von denen jede einzelne das Ausmaß eines riesigen Sonnenschirmes hatte. Die giftigen Nesseln flimmerten bedrohlich. Eine Berührung würde ohne Zweifel tödlich sein!

„Wo kommen diese Ungeheuer her?“, keuchte Bolell. Poppi, die eine große Tierkennerin war, konnte sich die gigantischen Meerestiere nur mit gewagten Züchtungsmethoden und Genmanipulationen erklären. Hier hatte eindeutig jemand Dr. Frankenstein gespielt …

Bolell spähte über den Bug des Bootes. „Die schwarzen Teufelsrochen!“, meldete er. „Ich kann sie sehen. Sie folgen noch immer dem schwimmenden Roboter.“

Lilo, die im Bauch des Bootes kauerte, trug dem Mauritier auf: „Verfolge sie und schau, wo sie die Kugel hinführt!“

Immer mehr schaurige Meerestiere glitten am Boot der Freunde vorbei. Einmal warf Poppi ein paar Brocken Fleisch ins Wasser und beobachtete sprachlos, wie sich zwei riesige Seeschlangen daraufstürzten und sich im Kampf um die Beute fast gegenseitig zerfetzten.

Aufgeregt deutete Bolell nach links zur Küste. „Seht nur – eine umgedrehte Salatschüssel aus Glas!“, meldete er. Eng an den Felsen geschmiegt war der obere Teil einer Halbkugel sichtbar geworden. Bolell erinnerte sich, dass ihm sein Vater einmal von der Forschungsstation erzählt hatte.

Der Unterwasser-Roboter machte eine scharfe Kurve und steuerte direkt darauf zu. „Das ist der Ort, an dem Virginies Onkel Pierre gearbeitet hat oder arbeitet oder … ich weiß nicht!", stammelte Lilo fassungslos.

Bolell blieb den Teufelsrochen auf der Spur, die an der linken Seite der Glaskuppel entlang auf eine niedrige Öffnung im Fels zuschwammen.

„Köpfe einziehen!", rief er und presste sich auf den Boden, ohne dabei das Steuerruder loszulassen. Gleichzeitig drosselte er den Motor.

Die Fahrt verlangsamte sich und das Boot glitt unter einer Felskante in eine erleuchtete Höhle. Dominik sah eine Metalltür, die an Ketten in die Höhe gezogen worden war. Rasselnd senkte sie sich nun wieder.

An der Decke der Höhle konnte Axel mehrere Lampen erkennen, die ein bläuliches Licht abgaben. „Tageslichtlampen", stellte er fest. „Sie ahmen das Sonnenlicht nach."

Das Boot stieß an eine harte Kante, die knapp unter der Wasseroberfläche lag. „Ich kann nicht weiter!", meldete Bolell.

Die Juniordetektive erhoben sich vorsichtig und sahen sich um. Vor ihnen lagen gigantische Becken, wie sie zur Zucht von Fischen verwendet werden. Dazwischen waren Gitterroste verlegt worden, auf denen man gehen konnte.

An der rechten Wand im hinteren Teil der Höhle gab es eine Tür. Sie war offen. Gleich daneben stand jemand an einer Schalttafel. Es war ein Mann in einem weißen Arbeitskittel und mit einer schwarzen Hose. Sein Haar war mit Gel zurückgekämmt und klebte an seinem Kopf. Er schien alt zu sein und an einer seiner Wangen glaubte Lilo einen Bart zu erkennen.

Plötzlich wurde ihr klar, um wen es sich handelte. Das war der Mann auf dem Ölbild, das den Untergang des Bootes darstellte. Das war … Onkel Pierre! Lilo nahm allen Mut zusammen und rief seinen Namen.

Wütend schleuderte der Mann die Arme in die Luft und schrie etwas. „Nicht Pierre … sondern sein Geist, der zurückgekommen ist aus dem Jenseits!“, übersetzte Bolell. Kaum hatte er das ausgesprochen, begannen seine Lippen zu beben und er stammelte: „Das … das doch absolut unmöglich … was soll das …?“

Der Geist des Meeresforschers schien zu einer Rede anzuheben. Seine Worte klangen seltsam heiser und tief. „Er sich heute rächt an den Bewohnern der Insel Mauritius, weil sie schuld an seinem Tod. Weil sie den Leuchtturm nicht haben gewartet und ihm nicht gekommen sind zu Hilfe. Er wird terrorisieren die Strände und Welt wird meiden die Insel in Zukunft. Die Insel der Schreckenstiere! Mit Schallwellen er sie steuert wie Roboter, über diese Zentrale. Und wir ... wir werden diesen Raum nie mehr verlassen, das er uns verspricht."

„Der ist ja total durchgeknallt!", kreischte Axel, der an die Tausenden Urlauber dachte, die gerade ahnungslos im warmen Wasser planschten.

„Das kann nicht Virginies Onkel Pierre sein ... unmöglich ... er ist tot!", sagte Lilo leise. „Axel, wir müssen ihn überwältigen. Komm, wir schaffen das! Das ist nicht Pierres Geist! Ich habe einen Verdacht ...!"

Lilo stieg aus dem Boot, Axel folgte ihr. Das Oberhaupt der Bande ließ den Mann keine Sekunde aus den Augen. Der verrückte Forscher hantierte noch immer an der Schalttafel und wandte ihnen den Rücken zu.

Die beiden Knickerbocker umrundeten die riesigen Becken, ständig auf der Hut vor zurückgebliebenen Seeungeheuern, die sie anfallen könnten. Nur noch wenige Meter trennten sie von dem Wahnsinnigen.

Der Forscher war in seine Arbeit vertieft und be-

merkte sie nicht. Wie eine mechanische Puppe betätigte er die Schalter und Knöpfe.

Lilo gab ihrem Freund ein Zeichen, sich von rechts an den Mann heranzumachen, sie selbst wollte ihn von links überraschen. Mit den Händen gab sie Axel einen Wink, den Unbekannten unter den Armen zu packen.

Lilo zählte durch Kopfnicken bis drei und die Knickerbocker stürzten sich auf den Forscher. Sie umklammerten ihn und ließen ihm keine Möglichkeit mehr, sich zu befreien. Der Mann stieß einen schrillen Schrei aus und begann, sich wie eine Schlange zu winden.

Schnell kletterten nun auch Bolell, Poppi und Dominik aus dem Boot und kamen ihren Freunden zu Hilfe. Zum ersten Mal sahen sie nun das Gesicht des Mannes …

EIN NEUES LEBEN

„Aber das ist ja gar kein Mann, das ist Tante Marie-Louise … mit einem aufgeklebten Bart!“, stellte Dominik fest. Die Frau schlug um sich und versuchte, die Knickerbocker abzuschütteln, was ihr jedoch nicht gelang. Noch immer schrie sie mit tiefer Stimme, einer Stimme, die sie in ihrer schwarzen Villa nie hatte hören lassen.

„Bolell, bitte, frag sie, wie man die Fische zurückholt. Aber sag Pierre zu ihr. Behaupte, die Rache sei geglückt … los!“

Der Mauritier wechselte mit Marie-Louise einige Worte auf Französisch und plötzlich leuchteten ihre Augen auf. Bolell schien ihr gerade die Lüge von der geglückten Rache erzählt zu haben. Sie antwortete und machte dabei ruckartige Bewegungen zur Schalttafel hin. Lilo und Axel ließen sie gewähren. Die Frau drückte einige Tasten und unter lautem Klirren wurde die Metalltür wieder in die Höhe gezogen.

Bereits nach zwei Minuten trafen die ersten Meeresungeheuer ein. Im Lauf der folgenden Stunde kehrten auch die übrigen Tiere zurück und schwammen durch verschiedene Röhren in ihre Becken. Schließlich bestätigte Marie-Louise, dass alle in der Station eingetroffen seien, und Lilo schloss mit einem Knopfdruck das Schleusentor.

„So, und jetzt muss diese Frau schnellstens in ein Krankenhaus, in dem man sich um ihren Geisteszustand kümmert!", meinte das Superhirn. Ihre Knickerbocker-Freunde hatten noch immer nicht verstanden, was hier los war. Die Erklärung sollte am Abend in Virginies Garten folgen.

Die junge Frau konnte die Ereignisse nicht fassen. „Was ist denn nun mit meinem Onkel Pierre geschehen?", fragte sie.

„Dein Onkel und deine Tante", begann Lilo, „haben durch gefährliche Experimente übergroße, angriffslustige Meerestiere gezüchtet und sie darauf trainiert, auf bestimmte Schallwellen zu reagieren. Vor siebzehn Jahren ist dann ein schreckliches Unglück geschehen: Dein Onkel wurde von einem der Tiere getötet."

Virginie schlug die Hände vors Gesicht.

Lilo fuhr fort: „Deine Tante Marie-Louise hat damals einen schweren, sehr schweren Schock erlitten. Einen Schock, der sie völlig verändert hat. Sie wusste, dass sie am Tod ihres Mannes Mitschuld trug, und deshalb begann sich ihre Persönlichkeit zu spalten. Sie wurde zu einer trauernden Witwe, die ihr Haus in eine schwarze Gruft verwandelte und sich eine Lügengeschichte zurechtlegte. Das war die Geschichte vom Sturm und dem ungewarteten Leuchtturm. Ihr ewiges Warten auf den Sarg mit dem Leichnam des Ertrunkenen war nur dazu gut, diese Lüge zu untermauern, vor allem sich selbst gegenüber. Onkel Pierre ist auf einem kleinen Friedhof hier auf der Insel begraben!

Ich habe vorhin die Spaltung ihrer Persönlichkeit erwähnt. Poppis Vater hat mir das genau erklärt. Sie hatte so große Schuldgefühle, dass sie begann, ihren Mann weiterleben zu lassen. Sie schlüpfte in seine Rolle und hat seine Versuche fortgesetzt. Leider sind einige außer Kontrolle geraten. Später redete sie sich dann ein, nicht Pierre zu sein, sondern sein Geist, der aus dem Jenseits zurückgekehrt war, um sich zu rächen. Deshalb hat sie heute alle Tiere losgelassen und über die Bojen zu den Stränden gelenkt. Wir haben das Schlimmste verhindert, es wurde niemand verletzt!"

Virginie musste Lilos Erzählung erst verdauen.

„Aber ... aber warum hat der Anwalt von Virginies Vater das nicht herausgefunden?", fragte Poppi.

„Es hat doch niemand von Pierres Tod erfahren", erklärte Lilo. „Virginies Vater trug dem Anwalt auf, nach Mauritius zu kommen und den Tresor zu versenken. Als Bewacher fielen ihm die schrecklichen Tiere ein, die seine Schwester und sein Schwager züchteten, um sie einmal als lebendige Waffen zu verkaufen. Der Anwalt hat diesen Auftrag mit Pierres Witwe abgewickelt, aber nur schriftlich."

Dominik fehlte noch immer der Durchblick: „Aber wozu das alles? Der Tresor war doch leer und in der Flasche war nur ein Zettel, auf dem stand: Gier führt euch nicht ans Ziel!"

Virginie hob den Kopf und lächelte zum ersten Mal. „Papa hat das alles gemacht, um meine Brüder mit ihren eigenen Waffen, ihren schlechten Eigenschaften und Neigungen zu schlagen. Ihnen war nur der Tresor wichtig, und die Tatsache, dass er von Teufelsrochen bewacht wurde, hat die Sache für sie noch aufregender gemacht. Es tut mir leid, dass ihr in die Geschichte hineingezogen wurdet und ich euch nicht mehr warnen konnte, weil ich kein Telefon habe. Ihr wolltet mir helfen und hattet es schon längst getan. Es ging alles so schnell und deshalb habe ich erst in der vergangenen Nacht begriffen, was mein Vater mit seinen Worten über Erinnerung gemeint hat!“

Poppi unterbrach Virginie und verkündete: „Und ich weiß das jetzt auch! Leider ist es auch mir zu spät eingefallen. Virginie, du bist reich, sehr reich, stimmt's? Und wenn deine Brüder nicht so habgierig gewesen wären, hätten auch sie entdeckt, was dein Vater euch wirklich hinterlassen hat.“

Virginie nickte. „Ja, Poppi, so ist es!“

Axel wurde unruhig. „Kann mir bitte einer sagen, wovon hier die Rede ist?“

Virginie zog den Briefumschlag aus der Tasche, der im Banksafe gelegen hatte und den Bolell in seine Tasche gesteckt hatte. Sie reichte ihn Axel. „Schau doch … fällt dir nichts auf?“

„Doch, dein Vater muss verwirrt gewesen sein.

Warum klebt er drei Briefmarken auf einen Umschlag, den er gar nicht abschickt?"

Lilo betrachtete sie genauer und riss den Mund auf. „Das ... das gibt es doch nicht – die Marken! Virginie ... Das sind zwei blaue und eine rote Mauritius! Die wertvollsten Briefmarken der Welt! Es gibt von jeder nur noch zehn Stück! Die sind einhundertfünfzig Jahre alt!"

Dominik wusste einiges über die Geschichte der Marken: „Ja, sie wurden damals in Auftrag gegeben, weil eine Lady von Mauritius aus Einladungen für einen Ball versenden wollte. Bei der Herstellung passierte jedoch ein Fehler. Statt den Worten ‚Post Paid', also ‚Porto bezahlt', hat der Graveur die Worte ‚Post Office', ‚Postamt', auf die Druckplatte geritzt. Die Marken wurden trotzdem gedruckt und verwendet. Der Fehler hat sie zu einer Rarität gemacht. Jede Einzelne ist Millionen wert!"

„Ganz schön riskant. Ihr hättet den Umschlag ja auch wegwerfen können!", meinte Axel.

„Was wirst du jetzt tun, Virginie?", fragte Poppi. Die Blinde lächelte und sagte leise und verträumt: „Ich werde auf der Insel bleiben und mich um Tante Marie-Louise kümmern. Ja, ich bleibe auf jeden Fall hier ..."

„Ganz allein?" Lilo wiegte sorgenvoll den Kopf.

Virginie errötete verschämt. „Nein, nicht allein. Ich werde mir ein Häuschen kaufen und … Bolell wird bei mir bleiben!" Sie griff nach der Hand des jungen Mannes, der neben ihr saß, und drückte sie innig.

Die Knickerbocker warfen einander verlegene Blicke zu. „Du musst bitte mir in die Arme greifen", sagte Bolell treuherzig. „Meine Arbeit im Hotel ist verspielt, weil ich doch dem Knickerbocker-Quartett geholfen und nie war im Dienst!"

Virginie lachte zum allerersten Mal und hauchte dem jungen Mann einen Kuss auf die Wange.

Nur selten zuvor hatten Axel, Lilo, Poppi und Dominik das Gefühl gehabt, etwas derartig Gutes getan zu haben. Sie strahlten, als sie beobachteten, wie glücklich Virginie war.

„Leute, ab heute bekommt mich keiner mehr vom Strand weg. Nur noch faulenzen, kapiert?", sagte Axel.

Poppi wurde plötzlich sehr unruhig und fragte: „Du, Lilo … hast du meinem Vater vielleicht alles erzählt? Du hast doch mit ihm geredet, oder?"

Lilo nickte. „Ja, aber er sagt deiner Mutter nichts. Er hat es versprochen. Sie denkt, wir waren die letzten Tage Wasserskifahren. Na ja, und ihren Erholungsurlaub wird doch niemand stören wollen, oder?"

„Nein!", riefen die Knickerbocker im Chor und brachen in schallendes Gelächter aus.

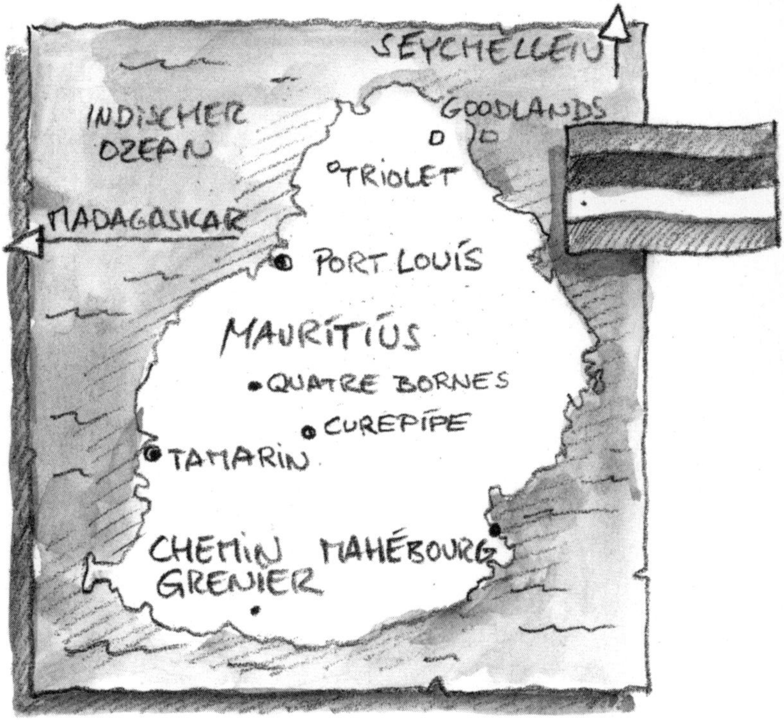
SEYCHELLEN
INDISCHER
OZEAN
GOODLANDS
TRIOLET
MADAGASKAR
PORT LOUIS
MAURITIUS
QUATRE BORNES
CUREPIPE
TAMARIN
CHEMIN
GRENIER
MAHÉBOURG

DER KNICKERBOCKER BANDENTREFF

Werde Mitglied im Knickerbocker-Detektivclub! Unter www.knickerbocker-bande.com kannst du dich als Knickerbocker-Mitglied eintragen lassen. Dort erwarten dich jede Menge coole Tipps, knifflige Rätsel und Tricks für Detektive. Und natürlich erfährst du immer das Neueste über die Knickerbocker-Bande.

Hier kannst du gleich mal deinen detektivischen Spürsinn unter Beweis stellen – mit der Detektiv-Masterfrage, diesmal von Axel:

HALLO KUMPELS,

ich sag's mal so: Ich hab hier vollen Körpereinsatz gegeben und ohne mich wäre nichts gelaufen. Ihr müsst einfach zugeben, dass meine Aktion auf der Jacht absolut der Knaller war. Und die Verfolgungsjagd auf dem Markt in Port Louis, wo mich der dicke Fischverkäufer fast zerquetscht hätte, war filmreif. Okay, okay, Lilo, unser Superhirn, hat natürlich wieder total clever kombiniert, Poppi hat als Erste von uns geschnallt, was es mit diesen Briefmarken auf sich hatte, und Dominik hatte selbstverständlich gleich wieder Expertenwissen parat.

Eigentlich wieder mal eine super Teamarbeit, oder?
Aber jetzt zu dir:
Auch immer die grauen Zellen aktiviert?
Immer am Ball geblieben?
Welcher Druckfehler macht diese
Mauritius-Briefmarken so wertvoll?

Die Lösung gibt's im Internet unter
www.knickerbocker-bande.com
Achtung: Für den Zutritt brauchst du einen Code.
Er ergibt sich aus der Antwort auf folgende Frage:

Beantworte folgende Wissensfrage:
Was hätte eigentlich auf den Briefmarken
eingedruckt sein müssen?

Code	
45471	Post Office
47154	Post Paid
41745	Post Box

Und so funktioniert's:
Gib jetzt den richtigen Antwortcode auf der Webseite
unter **MASTERFRAGE** und dem zugehörigen Buchtitel ein!

Hasta la vista
dein

Axel

HALLO THOMAS!

Wolltest du schon immer Schriftsteller werden?
Zuerst wollte ich Tierarzt werden, aber ich habe beim Studium schnell erkannt, dass das kein Beruf für mich ist. Geschichten habe ich mir immer schon gerne ausgedacht und geschrieben habe ich auch gerne. Allerdings nicht in der Schule, denn meine Deutschlehrer waren immer nur auf Fehlerjagd. Geschrieben habe ich mehr für mich und durch viele Zufälle ist aus dem Hobby ein Beruf geworden.

Wie lange brauchst du für ein Buch?
Ganz unterschiedlich. An guten Tagen schaffe ich etwa 20 Buchseiten. Es gibt auch Tage, an denen ich nur wenig schaffe. Trotzdem setze ich mich immer hin. Ich höre übrigens immer mitten im Satz zu schreiben auf.
Am nächsten Tag fällt das Anfangen dann viel leichter.

Erfindest du alles, was in deinen Büchern steht, oder recherchierst du viel?
Natürlich recherchiere ich, wenn es das Thema verlangt. Sehr gründlich. Das ist auch wichtig für mich, weil ich mich sonst beim Schreiben nicht sicher fühle. Zum Recherchieren bin ich schon U-Boot gefahren, durfte einmal als Flugschüler ein kleines Flugzeug steuern, habe einen Sturzflug miterlebt, Tierpfleger bei der Arbeit begleitet, lange

Gespräche mit Tierschützern geführt und viele Städte und Länder bereist. Die Geschichten selber entstehen natürlich in meiner Fantasie.

Woher nimmst du eigentlich deine Ideen?
Hm, das ist mir selbst ein Rätsel. Sie kommen ganz einfach. Ich ziehe Ideen an wie ein Magnet … Ich halte Augen und Ohren weit offen und fange sie auf diese Weise ein. In meinem Kopf reifen sie dann. Manche ein paar Wochen, andere ein paar Jahre. Von 1000 Ideen setze ich aber nur vielleicht 30 um. Ich sammle ständig und überall. Oft genügt ein winziger Anstoß und auf einmal wächst daraus die Geschichte.

Entstehen deine Geschichten erst beim Schreiben am Computer oder hast du sie schon vorher ganz genau in deinem Kopf?
Mehr als zwei Drittel sind fertig, wenn ich mich zum Schreiben hinsetze. Ich notiere jede Idee in einen Mini-Computer, den ich immer dabeihabe, aber nur aus einigen werden dann Geschichten. Manchmal braucht das „Wachsen“ ein paar Wochen, manchmal ein paar Jahre.

Was ist das für ein Gefühl, wenn man so bekannt ist?
Ich finde es toll, wenn ich Briefe und E-Mails von Lesern bekomme, die mir erzählen, wie viel Spaß und Spannung sie beim Lesen hatten. Das ist für mich ein wunderbares Gefühl. Schließlich schreibe ich nicht, um bekannt zu sein, sondern weil es für mich die tollste Sache der Welt ist.

Ravensburger Bücher **von Thomas Brezina**

Diese Abenteuer der Knickerbocker-Bande sind bereits erschienen:

Habe ich	Fehlen mir		ISBN 978-3-473-
○	○	Rätsel um das Schneemonster	47081-5
○	○	Das Phantom in der Schule	47082-2
○	○	Der Fluch des schwarzen Ritters	47126-3
○	○	SOS vom Geisterschiff	47100-3
○	○	Die Rache der roten Mumie	47085-3
○	○	Im Dschungel verschollen	47152-2
○	○	Im Tal der Donnerechsen	47137-9
○	○	Titanic, bitte melden!	47129-4
○	○	Der Eiskalte Troll	47153-9
○	○	Das Riff der Teufelsrochen	47154-6
○	○	Der Geisterreiter	47151-5
○	○	Im Wald der Werwölfe	47087-7
○	○	Das Haus der Höllensalamander	47083-9
○	○	Die Maske mit den glühenden Augen	47086-0
○	○	Die Hand aus der Tiefe	47138-6
○	○	13 blaue Katzen	47084-6
○	○	Die rote Mumie kehrt zurück	47091-4
○	○	Das Phantom der Schule spukt weiter	47092-1
○	○	Der unsichtbare Spieler	47093-8
○	○	Der Schrei der goldenen Schlange	47097-6
○	○	Der Schatz der letzten Drachen	47094-5
○	○	Das Gold des Grafen Drakul	47128-7

www.knickerbocker-bande.de

Ravensburger

HC_08_099

Ravensburger Bücher

Habe ich	Fehlen mir		ISBN 978-3-473-
○	○	**Das Internat der Geister**	47095-2
○	○	**Der Computerdämon**	47098-3
○	○	**Der Turm des Hexers**	47088-4
○	○	**Das Amulett des Superstars**	47124-9
○	○	**Wenn der Geisterhund heult**	47089-1
○	○	**Das Mädchen aus der Pyramide**	47090-7
○	○	**Spuk im Stadion**	47096-9
○	○	**Im Bann des Geisterpiraten**	47099-0
○	○	**Die Monstermaske der Lagune**	47125-6
○	○	**Der Meister der Dunkelheit**	47130-0
○	○	**Der Spinnenmagier**	47155-3
○	○	**Das Kabinett des Dr. Horribilus**	47127-0
○	○	**Fußball des Schreckens**	47150-8
○	○	**Das Geheimbuch für Detektive**	47139-3

Ravensburger

HC_08_100

DIE KNICKERBOCKER-BANDE

LESEPROBE

„Das ist also Eric!“, flüsterte Lilo.

Poppi zuckte zusammen. „Aber … der … der sitzt doch im Knast!“, piepste sie.

„Ich denke, er ist ausgebrochen, anders kann ich mir sein unvermutetes Erscheinen nicht erklären!“, sagte Dominik, der die einfachsten Dinge gerne besonders kompliziert ausdrückte.

„Schnell! Eric ist sicher nicht ohne Grund zurückgekommen. Nach Björns Aussage ist er zu allem fähig. Kommt! Aber kein Wort mehr, er darf uns nicht bemerken!“, wisperte Lilo, das Superhirn der Bande.

Geduckt stapften die Knickerbocker über den See. Der Schnee knirschte unter ihren Stiefelsohlen.

Sie keuchten vor Aufregung und ihr heißer Atem stieg wie kleine Rauchwolken auf. Vorsichtig näherten sie sich dem Ufer und kletterten an Land. Sie huschten von Baumstamm zu Baumstamm und tasteten sich an das Haus heran.

Durch das zerbrochene Fenster drangen Stimmen. Eine Frau jammerte kläglich – das konnte nur Frau Gustavson sein! Eine sehr tiefe Männerstimme redete abgehackt auf sie ein.

Obwohl die fünf Freunde noch mindestens zehn Schritte von dem rot gestrichenen Bauernhaus entfernt waren, konnten sie alles genau beobachten.

Im schwachen Kerzenlicht eines Deckenleuchters sahen sie die Witwe. Sie saß in einem Schaukelstuhl vor dem offenen Kamin und hielt ihr Strickzeug an die Brust gepresst. Hinter ihr stand hoch aufgerichtet ein bulliger Mann mit langem, verfilztem rotem Haar und einem buschigen Bart, der fast sein ganzes Gesicht bedeckte. Er hatte der Frau ein großes Küchenmesser an die Kehle gesetzt.

Björn übersetzte für die Detektive, was Eric seiner Mutter zuzischte.

„Ich bin zurück und will es endlich wissen!"

Die Bäuerin war so verängstigt, dass sie kein Wort über die Lippen brachte.

„Erzähl es mir noch einmal … wie Vater es immer getan hat … erzähl mir die Geschichte vom Eiskalten Troll!“, übersetzte Björn Erics barsche Befehle.

Axel, Lilo, Poppi und Dominik warfen einander ratlose Blicke zu. Der Mann schien durchzudrehen. Warum bedrohte er seine Mutter, wenn er ein Märchen hören wollte?

Axel wurde unruhig und flüsterte: „Sollen wir nicht versuchen, ihr zu helfen?“

Lilo zeigte ihrem Kumpel den Vogel und fauchte: „Du spinnst ja! Hältst du dich für den Terminator? Eine falsche Bewegung und dieser Wahnsinnige schneidet seiner Mutter die Kehle durch! Wir bleiben hier und warten ab. Falls er ihr wirklich etwas tut … dann … greifen wir ein … Auch wenn ich nicht weiß, wie!“

Jetzt begann Frau Gustavson zu sprechen, und zwar so, als würde sie einem kleinen Kind eine Gutenachtgeschichte erzählen.

„Es war einmal ein Troll, der war einsam und allein. Er dachte, dass ihn keiner lieb hatte, weder seine Mutter noch sein Vater noch seine Geschwister. Er wollte immer etwas Besonderes sein, doch er fühlte sich mit seinem grünen Haar und seinen roten Augen wie ein gewöhnlicher Troll. Es gab aber ein Trollmädchen mit blauem Haar, das mochte ihn sehr. Für dieses Mädchen war der Troll etwas Besonderes. Das sagte es ihm in einer lauen Mittsommernacht, wenn die Sonne bis spät in die Nacht das Land erhellt. Der Troll konnte dem Mädchen nicht glauben und ging fort, um sein Glück im hohen Norden zu versuchen.

Viele Jahre lang wanderte der Troll über Berg und Tal und fuhr als blinder Passagier von Fjord zu Fjord. Und seine Gedanken waren vom Wunsch nach Reichtum erfüllt. Eines Tages entdeckte er in einem Berg eine Höhle aus Eis, und als er sie erforschte, fand er einen großen Schatz. Doch wie sollte er ihn wegschaffen? Er bot alle seine Kräfte auf, aber der Schatz war nicht aus der Höhle zu entfernen. Mit dem Troll geschah nun eine geheimnisvolle Veränderung: Er erstarrte nach und nach zu Eis, zuerst seine Beine, dann sein Bauch und später die Arme. Als schließlich auch sein Kopf vereiste, verwandelten sich seine Augen in Rubine, so groß wie Möweneier."

Frau Gustavson machte eine Pause. Sofort drückte ihr Eric das Messer an die Kehle. Mit weinerlicher Stimme fuhr die Frau fort:

„Der Troll wusste nicht, dass ihm das Trollmädchen gefolgt war. Es hatte lange nach ihm gesucht und kam ihm eines Tages auf die Spur. Es entdeckte den Eiskalten Troll mit den Rubinaugen in der Höhle und umarmte ihn. Dabei begann es heftig zu schluchzen, und als seine Tränen den armen Troll berührten, geschah ein Wunder. Der Troll konnte aus seiner eisigen Hülle schlüpfen und sein Mädchen in die Arme schließen. Die Eishülle mit den Rubinaugen aber blieb in der Höhle zurück.

Jetzt endlich erkannte der Troll, dass Geld und Edelsteine nicht wichtig waren. Schon immer war er etwas Besonderes gewesen. Wäre ihm sonst sein Mädchen so weit gefolgt?

Die beiden verließen die Höhle und kehrten in den wärmeren Süden zurück, wo sie glücklich lebten. In der Eishöhle bewacht bis zum heutigen Tag der Eiskalte Troll einen großen Schatz. Und nur derjenige soll ihn finden, der damit vielen Menschen Gutes tun möchte."

Beim letzten Wort brach die alte Bäuerin in Tränen aus. Sie weinte laut vor sich hin und schnäuzte sich in ihre Schürze.

In diesem Moment fegte ein Windstoß durch das zerbrochene Fenster und blies die Kerzen aus. Nun erhellte nur noch das flackernde Licht des Kaminfeuers den Raum.

Eric drohte abermals mit der scharfen Klinge und knurrte: „Rede, Mutter, wenn dir dein Leben lieb ist! Sprich! Vater hat uns diese Geschichte aus einem bestimmten Grund erzählt. Wo liegt der Schatz? Sag es mir!“

Die Frau zitterte am ganzen Körper. „Diese Antwort hätte dir nur dein Vater geben können, den du … den du … umgebracht hast!“

Eric schien wütend zu werden. Er bäumte sich auf und spannte die Muskeln seines mächtigen Oberkörpers an. Der Schatten, den er an die Wand und die Zimmerdecke warf, wurde beängstigend groß.

Auszug aus
„Der Eiskalte Troll“
von Thomas Brezina
Krimiabenteuer Nr. 39
ISBN 978-3-473-47153-9